© Arne Johansson 2018
Förlag: BoD – Books on Demand, Stockholm, Sverige
Tryck: BoD – Books on Demand, Norderstedt, Tyskland
ISBN: 978-91-7785-471-5

Tidigare utgivningar

Arne Johansson

STUGA UTHYRES

Stuga uthyres – en spänningsroman

Personer i berättelsen är påhittade. Eventuella likheter med verkligheten är därför en ren slump. Orter och platser däremot, existerar på riktigt. Felaktigheter som kan uppträda är mina egna misstag.

Strandbaden 2018

Arne Johansson

1

September tre år tidigare

Mörkret var kompakt och omslöt dem där långt ute på havet. Väderprognosen höll vad den lovade, molnen täckte himlen helt och månen hade ingen chans att följa deras färd. Endast lanternorna på båten avslöjade sig som små prickar för de som till äventyrs undrade. Det var först när de närmade sig land, som det kunde bli mer riskfyllt. Någon kunde ju undra varför man var ute i en motorbåt mitt i natten, men den risken var de beredda att ta.

När de rundade Bjärehalvön vid Torekov och följde den tänkta rutten, ökade pulsen på männen. Den äldre mannen med det väderbitna ansiktet lade in en prilla under läppen, som ett tecken på nervositet. Den något yngre som styrde, stod koncentrerad med rak rygg, tittade på armbandsuret och nickade kort mot den andre. Nu skulle de bara gå ner till en liten hamn vid Ramsjö, där överlämningen skulle ske. Allt var noga planerat. De hade rekognoserat området under veckan och valt ut denna hamn. Under gårdagen hade de parkerat den äldre mannens bil i närheten av hamnen, i närheten av andra bilar för att inte väcka någon som helst uppmärksamhet. Himlen började ljusna och det skulle inte längre verka underligt att en motorbåt var ute på havet vid denna tiden på dygnet. De närmade sig land.

Vinden övergick till en svag bris när de kom in i Skäldervikens lugna vatten. Man hade utlovat en vacker sensommardag, men ännu hade inte solen gått upp. Klockan visade på 06.10 och de var i god tid för mötet. För att inte riskera att någon yrkesfiskare eller morgontidig båtägare skulle ana oråd, var det bestämt att de skulle träffas på en äng utanför det lilla samhället. Den yngre mannen var den som tagit kontakt med köparen från Danmark och priset hade de tidigare kommit överens om. Pengarna skulle överlämnas kontant i Euro, för att inte kunna spåras vidare. Ett krav de ställt för att affären skulle genomföras. Sex hundra tusen var ett bra pris för alla. De båda männen som stulit båten och haft en natts jobb med att föra den till hamnen var nöjda och köparen som tjänade på den svenska kronkursen borde också vara det. Så långt var allt bra, det gällde bara att undvika uppmärksamhet. Snart skulle antagligen nyheten om stöld av en Nimbus 27 komma ut och kustbevakningens flygplan noga söka av området längs kusterna.

Ingen aktivitet tycktes förkomma i hamnen när de lade till på en gästplats. Hamnkontoret var ännu inte öppet och de hade en timme på sig att göra upp affären. Den yngre mannen skickade ett sms till sin kontakt och fick genast svar. Han befann sig på avtalad plats. De lämnade båten och begav sig till bilen de parkerat dagen före. Prick klockan sju mötte de två danskar och den överenskomna summan räknades. Gemensamt tog de sig ner till hamnen och de nya ägarna kunde inspektera båten. En yrkesfiskare var på väg in i hamnen och såg mot de fyra männen, som inte gjorde ansats att gömma sig. De höjde händerna till en hälsning och fiskaren lade till med sin fångst. Han skulle vara sysselsatt med arbete en stund framöver. Snart skulle antagligen fler personer komma ner till hamnen och svenskarna var angelägna att komma iväg hemåt. Så obemärkt som möjligt lämnade de Ramsjö hamn och körde iväg hemåt igen för att sova. Det hade varit en ansträngande natt. En gång tidigare hade de båda gjort en liknande stöld av en Örnvikbåt och var överens om att lägga av med den verksamheten för gott. De hade nu ett sparkapital på flera hundra tusen kronor vardera.

2

Den vitkalkade kyrkan mellan de två små sjöarna nästan bländade henne. Molnen hade skingrats efter nattens regn och solen gjorde sitt bästa för att värma Helena. Men hon frös ändå, stundens allvar gjorde henne nervös inför det som skulle genomföras. Gruset knastrade under fotsulorna, där hon gick på väg mot ingången.

Hon mindes förra gången hon gick där, på väg till sitt bröllop i Tåssjö kyrka. Det var för två år sen, när hon gick altargången fram med Martin och blev fru Fredlund. Helena tänkte på den lyckliga dagen, kunde nästan framkalla lukten av syrener som doftade i den varma försommardagen. Hon såg framför sig släkt och vänner som varit närvarande under akten och efteråt på den enkla festen. Hennes dotter hade tagit en semestervecka och kommit hem från London. Trots tidigare konflikter de haft, var det skönt att ha henne där. Christina hade bott i stugan på deras tomt några dagar, innan hon åkte tillbaka. Helena och Martin tillbringade därefter två veckor i Toscana, med utflykter i det vackra italienska landskapet. De hyrde en bil och besökte olika vingårdar, åt god mat och såg på mängder av konst i Florens. Resan var underbar, bara de två på tu man hand. De tyckte båda om att resa och gjorde upp planer för en långresa längre fram. En resa som aldrig skulle bli av.

Hon huttrade trots värmen, när hon sköt upp den gamla kyrkporten, som inte hade något handtag. Det första hon såg var den bruna kistan med alla blomstergrupper runt om på golvet. Hennes egen bukett med röda rosor låg på kistan. Helena vände bort blicken och fäste den på den gamla altartavlan på väggen när hon gick in till sin plats. Tavlan föreställde Jesus svävande bland molnen och gav henne lugn för stunden. De få närvarande satt tysta i bänkarna och nickade vagt när hon gick förbi dem. Hon såg Martins syster Kerstin med sin man Risto, som kommit ner från Härnösand dagen före begravningen. Några av de närmaste grannarna fanns där, liksom Jenny och Pelle som var gemensamma bekanta från Munka Ljungby och tre arbetskamrater till Martin. Hon visste inte namnen på två av dem, de som hon inte träffat tidigare. Christina hade tyvärr inte kunnat få ledigt, vilket gjorde henne ledsen. Hon hade behövt hennes stöd denna dag. Helenas mamma på vårdhemmet i Örkelljunga fanns inte heller där, hennes demenssjukdom hade förvärrats på senare år. Hon satte sig på första raden intill Kerstin och Risto och inväntade klockringningen. Den röda rosen höll hon krampaktigt och hade svårt att ta in att hennes älskade man låg där i kistan. Hon försökte tänka på annat, men lyckades inte så bra. Tankarna snurrade runt när hon försökte erinra sig allt som hänt den senaste tiden. Smärtorna i bröstet, ambulansen, akuten på sjukhuset och läkaren som kom med det hemska beskedet.

Helena fick en känsla av att allt bara var en parodi. Martin var inte död och skulle snart komma in och skratta åt

13

skämtet han arrangerat. Han var ju expert på skämt och lustigheter, något som hon föll för hos honom. För det mesta var han på gott humör, något som smittade av sig på hans omgivning. Kompisar kunde berätta de dråpligaste historier om allt roligt de haft tillsammans.

När hon träffade honom på dans i Ramshall för tre år sen hade hon varit skild från sin man i drygt två år. Det var med denne engelsman hon hade dottern, som nu arbetade på ett finansbolag i London. David flyttade tillbaka till England direkt efter skilsmässan, ungefär samtidigt som Christina fick arbete där och flyttade in i en liten lägenhet i utkanten av London. Helena blev ensam kvar med sin demenssjuka mamma. Men det hade gått bra, hon kände sig fri, en känsla hon inte haft på många år. Hon flyttade till en mindre lägenhet, med gångavstånd till jobbet och kunde oftare besöka sin mamma, som nu fått plats på Södergården.

Kompisarna Kajsa och Malin hade tjatat på henne att följa med till Ramshall och dansa.

"Du kan ju inte sitta hemma jämt, du måste väl ha lite roligt också. Det finns många trevliga karlar där, som gärna vill träffa en snygging", var deras argument. Efter många energiska påtryckningar gav hon med sig, ett beslut som hon inte ångrade. Hon var ju bara fyrtioåtta år och ville egentligen träffa en ny livskamrat, efter det havererade äktenskapet.

Den kvällen möttes Martin och Helena på dansgolvet och var oskiljaktiga sen dess. Efter en tid flyttade hon från

Örkelljunga till hans hus på landet, i trakterna av Rössjöholm. Hon fick förstås längre till jobbet på vårdhemmet Södergården i Örkelljunga, där hon arbetade i köket fyra timmar varje dag. Men hon trivdes hos Martin i den lantliga miljön i skogen, så det var inte några problem med pendlingen. Året efter gifte de sig.

... för att ta avsked av en älskad make och vän...

Helena ryckte till av orden och försökte fokusera på prästens ord.

...Martin Fredlund som nu har lämnat oss alla...

Detta är på riktigt tänkte hon och kunde inte hålla tillbaka tårarna. Hon förstod inte hur hon klarade av sista delen av begravningsakten, men snart var den över och hon tackade alla som kommit, för deras vänlighet. Hon bjöd in dem till en minnesstund i församlingshemmet efteråt.

De som känt Martin länge hade mycket att berätta om honom, saker som han inte själv berättat under deras två år tillsammans. Hon önskade att hon hört detta från honom själv. Någon pratade om en bror till Martin, som hon inte visste om, Martin hade aldrig nämnt det, vad hon kom ihåg. Brodern hade tydligen omkommit under tråkiga omständigheter i en båtolycka några år tidigare. Någon nämnde Martins fru, som dog i cancer när hon var fyrtio år. Men snart handlade samtalen om den stora skämtaren Martin. Helena kände sig mer och mer vemodig och ledsen, förstod att nu skulle den stora tomheten komma att infinna sig, dagar i ensamhet skulle bli långa och svåra.

3

På vårdhemmet Södergården vid infarten till Örkelljunga satt Gulli Sjölander i matsalen bland de övriga åldringarna. Helena hade just slutat sitt arbete för dagen och gjorde sin mamma sällskap vid lunchen som var framdukad. Det var numera en rutin att träffa henne där en stund varje dag. Lunchen denna dag bestod av kålpudding med potatis och sås. Till efterrätt skulle de få jordgubbskräm. Helena tyckte själv att maten var bra, men några av de äldre och sjuka klagade ibland, mest för få slippa äta upp. De flesta satt tysta och koncentrerade sig på maten, som om allt redan var sagt och ingenting var viktigt längre.

Det var ett stort vårdhem med sju avdelningar i byggnader som låg på en kulle. Gulli bodde på "Solstrålen", som låg mot söder, med stora buskar av rhododendron i parken utanför.

" Vad duktig du är mamma, nu har du snart ätit upp allt".

" Varför kommer inte Axel, maten kallnar ju"?

Helena försökte ignorera frågan hon ställt för fjärde gången på en halvtimme. Hennes demens hade utvecklats till Alzheimers sjukdom och för den fick hon medicinen Reminyl. Men trots den tycktes sjukdomen förvärras. Gulli var 83 år och kom inte ihåg att hennes make dog för sju år sen. Innan dess skötte de det egna jordbruket nästan på egen hand, det var bara vid högsäsong som hjälp behövdes. Gulli var händig i köket, bakade bröd och kakor, lagade mat och hjälpte till på gården. Det var slitigt, men de trivdes med det. Helena hade många vackra minnen från sin barndom och uppväxt. Synd bara att hon inte hade fått ett syskon att dela allt med.

" Han är väl ute och ser efter djuren, men maten kallnar".

Helena nickade till svar och hjälpte henne att få i sig jordgubbskrämen. Hon följde sin mamma tillbaka till rummet, där hon skulle vila sig efter maten.

Bilen startade direkt som tur var. Den hade krånglat den sista veckan och hon borde nog kolla upp startmotorn, eller om det var batteriet som krånglade. Hon var inte så kunnig i bilmotorer. Hennes gamla Toyota hade visserligen gått snart sexton tusen mil, men hängde med än så länge. Det hade inte behövts några dyra reparationer på den ännu, men hon förväntade sig att det snart var dags. Martins bil stod ju hemma som en reserv och var i betydligt bättre skick. Men det var bäst att vänta tills bouppteckningen var klar, innan hon tog beslut om vad hon skulle göra med den.

Hon visste inte om den skulle tillfalla henne egentligen, ett testamente som skulle klargöra detta fanns nu hos den som skulle utreda arvet. Enligt testamentet skulle hon behålla huset och det var en skön känsla. Tills vidare skulle hon bo där, sen fick tiden utvisa vad som skulle ske. Så snart som möjligt måste hon göra upp en budget, insåg hon.

Helena vek av från länsväg 114 och körde in på vägen till sitt hem. Hon kunde inte ännu vänja sig vid att det var hennes hem nu och att Martin aldrig skulle komma tillbaka. Varje gång hon parkerade sin bil på gårdsplanen kom tankarna över henne. *Tiden läker alla sår* var ett uttryck hon fick höra av många, men just nu var det ingen tröst. Hon saknade sin Martin så att det gjorde ont. På jobbet fanns det ingen tid för självömkan, arbetet i köket tog hennes uppmärksamhet.

När hon slagit av motorn hörde hon genast hunden skälla. Det var nästan sex timmar sen hon lämnade honom, så det var dags för honom att komma ut. Han viftade glatt på svansen och kråmade sig för henne, glad över att hon var hemma. Hunden var en engelsk Springer Spaniel och var nu sex år gammal. Hur många hundår det betydde visste hon inte, själv hade hon bara haft en katt en gång i tiden. Martin hade döpt hunden till *Abbot*, efter två kanadensiska hockeyspelare i Rögle för några år sen. Förklaringen var att han var lika ettrig och snabb som tvillingarna Cam och Chris. Hon hade hört talas om att de båda bröderna nu var tränare och sportchef i föreningen. Att Abbot var ett efternamn gjorde ingenting tyckte Martin och hunden verkade inte bry sig heller.

Hon kopplade hunden för deras dagliga promenad, en rutin som alltid kommit på hennes lott. Hon sneglade på husets gavlar och konstaterade att de snart behövdes målas. Takrännorna var nog också i behov att bytas ut. Hon skulle inte hinna eller orka göra det själv, utan måste anlita en yrkesman. Helena förstod bara inte hur hon skulle få råd till det. Hon kunde kanske fråga grannen Lars Bertilsson, som bodde några stenkast bort, om råd. Kanske kände han någon billig hantverkare i närheten. Hon kände inte honom så väl, han hade aldrig varit hemma hos dem medan Martin levde av någon anledning. De hälsade när de möttes, det var allt och han var ju faktiskt på begravningen med några andra grannar, mindes hon. Hon kände att det var läge att stå på god fot med människor i hennes närhet. Det första intrycket hon fått, var att Lars verkade trevlig, utan att för den delen vara påflugen.

4

Det äldre paret var just i färd med att avnjuta sitt kaffe i trädgården, när de såg Helena och hunden komma på vägen. Siv och Börje Åkesson hade bott i huset sen de gifte sig för över femtio år sen. Tre barn hade de fått, som nu bodde i olika landsdelar med sina familjer. Så ofta de kunde kom de på besök och det var alltid så roligt att få träffa barnbarnen. Fem av dem var nu i vuxen ålder, med studier bakom sig och på väg ut i arbetslivet, medan ett bara var nio år. De vinkade på Helena när de såg henne.

"Kom in på en kopp kaffe, vi har nybakade kanelbullar". Siv ville gärna få en pratstund med den trevliga flickan. Hon sa alltid flickan om henne, fast hon var över femtio år. Själv var hon snart åttio.

"Tack, det hade varit trevligt, men jag måste rasta Abbot i skogen en stund. Sen måste jag hem och förbereda något i matväg till några väninnor som kommer ikväll".

Det med maten var bara ett svepskäl, hon hade köpt hem räkor, bröd och vin, så det skulle bli en enkel måltid och förhoppningsvis en trevlig kväll. Hon hade en vecka semester framför sig, den enda hon hade kvar, eftersom hon tagit ledigt två veckor i samband med begravningen.

"Men jag kommer gärna en dag i nästa vecka", sa hon och skyndade vidare. En bit längre bort såg hon Lars måla på sitt trähus. Han hade lagt om taket för några år sen och skötte både hus och trädgård exemplariskt. Han närmade sig sextiofem, men hade fått lämna jobbet för fyra år sen med ett bra avgångsvederlag, hade hon hört. På vintrarna tillbringade han två månader i Thailand. Hon visste att han var skild sen många år och att sonen bodde i Stockholm.

Han var upptagen med målandet och lade inte märke till henne. Hon hade tänkt gå den vanliga rundan med Abbot, men av någon anledning gick hon in på grusvägen mot Trollehallar, en plats som hon hört talas om men aldrig besökt. Hon följde porlande bäckar i den mörka skogen, som bestod av raka höga granar. Marken var täckt av grön mossa, det var en nästan spöklig plats. Allt var tyst, bara ett svagt sus i grantopparna hördes som viskningar. Hon skyndade vidare och kom in i bokskogen, där det var ljusare.

Helena släppte hunden, som hade ett behov av att springa runt och snoka. Hon satte sig på en sten och studerade de höga klipporna, som var en ravin från istiden, här på Hallandsåsen sydsida. En del var kanske bortåt trettio meter höga. Hon kom ihåg från historielektioner i skolan att det var här som *Snapphanarna* hade sina förråd och hästar, när de utförde sina anfall mot den svenska krigsmakten. Upprorsmännen som bestod av skogsbönder, drängar och avhoppade soldater var väl organiserade. Hon ryckte till, när en skogsduva for upp bakom henne. Hjärtat bultade och hon ropade på Abbot, men fick inget gensvar. Hon visste inte hur länge hur länge hon suttit i egna tankar.

21

5

Kvällen blev lyckad. När hon så småningom hittat Abbot, som tydligen irrat sig långt bort. Efter en lång stund av orolig väntan på hundskall, kom han och viftade något skamsen på svansen, när de äntligen skyndade hemåt. Helena visste att området vid sjön var fågelskyddsområde och ville helst ha honom i koppel resten av promenaden.

Kajsa var singel, efter en skilsmässa för något år sen, medan Malin numera var sambo med Alex och de hade två barn vardera. Två av dem bodde fortfarande hemma, trots att de var över tjugo år. Svårigheten att hitta lägenheter i Ängelholm var stor, men nu när de skaffat fast inkomst var Malins och Alex döttrar förhoppningsfulla. Kajsa hade en son som bodde i Helsingborg. Båda kompisarna bodde i Örkelljunga.

Helena var en smula nerstämd till en början, men den lättades upp efterhand som kvällen fortskred. Räkorna var goda, vinflaskorna tömdes och ljudnivån höjdes betydligt. Vid kaffet blev Helena allvarlig när de kom in på hennes framtidsutsikter. Det var hon själv som förde det på tal, de två kompisarna tyckte det var för tidigt att fråga om sådant.

" Jag vet inte om jag kan bo kvar. Det blir plötsligt så mycket att ta ställning till, målning, reparationer och så saknaden efter Martin förstås".

Kompisarna förstod henne, men försökte få henne att vänta med besluten till efter hösten.

" Jag har kanske inte råd att bo här, med min lilla inkomst".

" Kan du inte hyra ut stugan på tomten, den skulle ju kunna ge sköna extrapengar?" Kajsa var som vanligt kreativ i sitt tänkande och hade alltid lösningar på det mesta.

" Sätt en skylt ute vid länsvägen och annonsera i någon tidning, du skulle säkert få napp".

Helena satt först tyst och funderade, men efter en kort stund spred sig ett leende i hennes ansikte. Efter två flaskor vin, tycktes alla möjligheter finnas och de tre vännerna kom med det ena förslaget efter det andra.

" Du kan ju låta en polack bo där mot att han målar på ditt hus under tiden. Det tar väl inte mer än två veckor?" Under tiden söker du hyresgäster".

" Men vad ska jag locka hit dem med, här finns väl inget att göra"?

Kajsa hade redan svaret klart.

" Naturen runt sjöarna, lugnet, fisket, det finns så klart mycket här som skulle locka hit rätt personer."

Kvällen fortsatte med mycket prat och medan Helena gick ut med Abbot på den sista kvällsrundan, gjorde de två kompisarna iordning sina sängar för natten. Helena var tacksam för allt stöd hon fick av dem.

De sov länge följande dag. Vid niotiden var Helena uppe och gick med Abbot ut till hönsgården med mat till de fem hönorna hon hade. Det var ett trevligt arbete, inte så betungande, lite mat och omvårdnad tog inte så lång tid på dagarna. De gick ute i hönsgården när vädret tillät och de bestämde själv när det var dags att gå in. Kvällen före hade hon plockat in dagens skörd av ägg, så färskare ägg till frukost kunde det inte bli.

Vid tiotiden var de samlade vid frukostbordet. De hade alla sovit gott och inte ens vaknat av duvornas hoande.

" Har du funderat mer på stugan"? undrade Kajsa.

" Ja, det är nog inte någon dum idé, jag kanske gör det".

" Bra, då hjälper vi dig och fixar en skylt innan vi åker hem, om du vill förstås."

Helena tog tacksamt mot deras hjälp och en timme senare var de utrustade med såg och hammare och tillverkade tre skyltar med texten STUGA UTHYRES, som de placerade på båda sidor av länsvägen och en vid hennes hus. Nu var det bara att vänta, de var visserligen inne i mitten av augusti, så chansen att få den uthyrd nu var nog liten. Men kanske kunde någon förbipasserande tysk turist vara intresserad. De hade ju oftast semester i augusti och Helena kunde tänka sig övernattning enstaka nätter nu i början.

Vännerna tackade för sig och Helena tog Abbot på en rejäl skogspromenad. På eftermiddagen satte hon sig och formulerade annonser i Blocket och i någon tidning för stuguthyrningar. Hon kollade vad andra hade för priser för motsvarande stugor och lade sig snäppet under de andra. Nöjd med detta steg i hennes nya liv och en kommande semestervecka, började hon så smått fundera på vilka åtgärder hon var tvungen att ta itu med.

Helena bestämde sig för att börja med att sortera bland Martins privata saker. Kläder kunde kanske lämnas till en secondhandbutik, annat som hon inte själv hade någon användning för, skulle kastas. Ledigheten skulle ge henne några dagar att planera sitt liv. Hon skulle också göra ett besök hos Siv och Börje.

När hon var färdig med planeringen ringde telefonen. Det var Anna på Södergården.

" Kan du komma hit? Det gäller din mamma, hon har varit i slagsmål".

6

Oktober tre år tidigare

De båda männen träffades för första gången på fem veckor efter den senaste båtstölden, som skulle bli den sista. Det var deras gemensamma överenskommelse. Mötet skedde på en neutral plats, där ingen skulle känna igen dem. Caféet i Halmstad var därför ett perfekt ställe. Denna eftermiddag var det bara tre äldre damer som satt några bord bort. Ett pensionärspar satt tysta i en hörna och såg ut genom fönstret, som om allt mellan dem redan var sagt. Två unga mödrar med små barn var upptagna med sina mobiler som de knappade på frenetiskt, medan barnen åt kanelbullar med stor inlevelse.

" Nu har nio vänner redan gillat mitt inlägg", sa den ena.

" Sjukt bra", sa den andra, utan större entusiasm.

De båda männen satte sig längst bort i lokalen, mitt emot varandra. De åt sina wienerbröd till kaffet under tystnad. Den något yngre mannen var märkbart nervös, det var han som påkallat mötet.

" Du har alltså varit inne på förhör hos polisen", sa den äldre mannen och viskade fram orden. "Varför?"

Den något yngre mannen skruvade på sig och svepte med blicken över lokalen med de blommiga tapeterna innan han svarade.

"Jag fixade en båt till på egen hand". Han lät det sjunka in hos den andre innan han fortsatte.

"Någon tyckte sig känna igen mig och tipsade tydligen polisen. Eftersom jag två dagar efteråt köpt en begagnad Kawasaki båtscooter, blev de intresserade. Så blev jag förhörd om alla båtstölderna på senare tid".

"Men för helvete", väste den äldre mannen, "vi skulle ju lägga av och ligga lågt, hur dum får man bli?"

"Jag vet, men det var en enkel grej, som gav mig sextiotusen, som räckte till köpet av scootern. Jag vet att det var dumt, men jag avslöjade inget och de verkade inte intresserade längre. De har inte hört av sig på en vecka."

Den äldre mannen suckade djupt och funderade.

"Bara så du vet, så kommer jag att neka till all inblandning med dig och stölderna, om jag blir förhörd. Har du pratat med din bror om detta?"

"Nej för tusan, han vet inget."

"Förresten är du skyldig mig pengar för varorna."

"Jag vet, jag glömde ta med dem. Du får dem nästa gång vi träffas."

De båda männen lämnade lokalen och skiljdes åt.

7

Helena slängde sig in i bilen och vred om nyckeln. Inget hände. Batteriet var dött. Hon svor till och skyndade tillbaka till huset för att leta upp nycklarna till Martins Audi. Hon hittade dem efter en stund och for iväg. Hon var inte van vid automatväxlade bilar, så det tog en stund att vänja sig vid att inte ha någon kopplingspedal. För en gångs skull körde hon över den tillåtna hastigheten på åttio kilometer i timmen. Under tiden funderade hon över samtalet från Anna.

"Din mamma har varit i slagsmål".

Vad var nu detta? Mamma brukade väl aldrig brusa upp för något, hon hade ju alltid varit så vänlig och rar mot alla. När Helenas far ibland blev upprörd över något hade mamman lugnat ner honom på ett sådant sätt att det inte behövdes många ord. En klapp på armen hade oftast räckt.

Hon parkerade slarvigt och rusade in på avdelningen, som just idag kanske inte gjorde skäl för namnet *Solstrålen*. Anna kom henne till mötes.

"Vad har hänt"? frågade Helena.

" Din mamma gick in i fel rum och påstod att Signe som låg och sov i sin säng, hade tagit hennes plats. Hon tog en bok som låg på nattygsbordet och slog henne i huvudet".

Helena trodde inte sina öron. Hur kunde hennes egen mamma göra något sådant. Det var helt obegripligt.

"Hur gick det med Signe och var är mamma?"

"Signe fick åka iväg till vårdcentralen och sys med några stygn, men är tillbaka nu, lite omtöcknad. Din mamma är på sitt rum." Förresten är Signes son på väg hit".

Helena öppnade dörren till sin mammas rum. Där låg Gulli och vilade sig och hade slutit ögonen. Men Helena var inte säker på att hon sov. Kanske var hon skamsen över sitt tilltag, eller kom hon inte ihåg någonting alls.

"Sover du mamma?" Helena viskade och tyckte att mammans ögonlock rörde sig något. Men hon svarade inte.

"Vad hände mamma?" frågade hon i hopp om att mamma skulle vakna och berätta. Efter en lång stund öppnade Gulli ögonen och tittade på sin dotter.

"Hur mår du mamma?" Det blev en lång paus, som om hon funderade på ett svar.

"Jag är trött, det har varit ett fasligt liv här. Axel kommer snart, han skulle bara lägga på vinterdäcken på bilen."

Helena förstod att det inte var lönt att försöka få något vettigt svar från henne och sa åt henne att sova en stund.

Hon gick in till Signe och pratade med henne. Hon låg i sängen med ett plåster i pannan, men var på ganska gott humör trots allt. Helena bad om ursäkt för det inträffade och lämnade tanten. Samtidigt kom sonen in i rummet och de tittade stort på varandra.

"Peter!"

"Hej Helena! Det var verkligen längesen. Du, vi ses ute hos föreståndaren om en stund, jag måste bara prata med mamma."

Det hettade i Helenas kinder. Peter hade gått i samma klass som hon i gymnasiet och hon var på den tiden smått förälskad i honom. Då var han en stilig, lång yngling med mörkt hår, som nu börjat bli grått. Han hade lagt ut några kilo, men såg fortfarande bra ut.

Herregud, det är klart man förändras på över trettio år.

Mötet var snart överstökat. Peter tyckte inte att de skulle göra så stor sak av det inträffade, hans mamma var redan på benen och såret skulle läka. Hon skulle antagligen få huvudvärk, men fick tabletter för den. Men han önskade att personalen hade mer tid för sina patienter, så att det inte inträffade igen. Föreståndaren slog ut med armarna, som ett tecken på små resurser, men lovade till sist att prata med personalen.

Helena ville bjuda Peter på fika på Nya Conditoriet, som dessutom var det enda i centralorten. Han samtyckte och snart satt de och pratade över en kopp kaffe. Helena berättade sin historia om allt som hänt de senaste åren, även om hon inte nämnde allt. Hon berättade om sin skilsmässa, dottern i London och Martins plötsliga död. Hon var nyfiken på hur hans liv hade gestaltat sig.

Han berättade att han var läkare, var gift och hade två söner. De bodde i Halmstad, där han hade sin tjänst. Hans fru drev en blomsteraffär i samma stad. De hade varit gifta nu i tjugo år. Reste en del, som de flesta andra, som han uttryckte det. Hon nickade, fast hon inte var så berest som andra. Det hade på sin höjd blivit några resor till Grekland eller Italien på sommaren. Nu var det antagligen slut med resandet för hennes del, fast hon ville gärna till London och besöka dottern där.

Eftermiddagen blev trots allt lyckad tyckte Helena, glad över att Peter var så förstående. Det var trevligt att träffa honom igen och prata minnen. Det blev en kram till avsked innan de åkte iväg på var sitt håll.

"Vi ses kanske igen", sa Helena och tillade: " på hemmet menar jag". Han gjorde tummen upp och hon tog det som om han tyckte det skulle vara trevligt.

8

När hon kom hem, såg hon grannen Lars vid sitt hus. Han var just på väg att gå tillbaka till sitt eget, som fanns fyra hundra meter längre bort. När han såg henne stannade han. Helena undrade vad han ville, han hade aldrig besökt henne och Martin tidigare.

"Jag trodde du var hemma, när jag såg din bil".

Helena förklarade sitt val av bil, men nämnde inte sitt ärende i Örkelljunga. Hon var en smula avvaktande och väntade på en förklaring till hans besök.

Lars var bra som granne och hade aldrig varit otrevlig mot henne, men det var en viss distans mellan honom och Martin, när han levde. Varför visste hon inte, de var kanske bara så olika och brydde sig inte om att umgås.

"Jag såg din skylt om stugan, så jag undrar om du behöver hjälp med något?"

Helena blev häpen över hans erbjudande, men sa vänligt att hon klarade sig fint. Men så kom hon att tänka på det döda bilbatteriet och undrade om han kunde ta loss det till henne. Hon var inte händig med den sortens verktyg, sa hon, utan att veta vad det var för sort. Hon ångrade sig nästan genast, när han sken upp.

"Givetvis kan jag det, jag laddar det till dig och kommer hit i morgon när det är fulladdat."

Helena tänkte att det inte fick bli en vana att ha honom där och erbjuda sina tjänster, hon skulle bevisa för sig själv att hon klarade av det som behövde göras.

När han gått iväg med batteriet på en lånad skottkärra, började hon förbereda en måltid till sig. Hon tog ett glas vin medan hon tillagade maten och hoppades att de inte skulle ringa från vårdhemmet igen. Hon tänkte besöka sin mamma igen i morgon och sen gå till Siv och Börje. För säkerhets skull ringde hon dem och frågade. Jodå, hon var så välkommen på en kopp kaffe vid tretiden, sa de.

Abbot såg anklagande på henne, med en frågande blick om de skulle ta en promenad. Det blev en kort runda medan potatisen kokade. Hon måste hinna med hönsen också, de ville nog ha mat. Det hade varit en händelserik dag, som snart skulle övergå till kväll. Augustimörkret började sänka sig, när solen försvann bakom de höga granarna i skogen. Luften kyldes av och dimmor började bildas på ängarna. Hon älskade denna tiden på året, snart skulle bladen på träden börja bli gula och röda och bilda en färgsprakande palett mot de gröna granarna. Då infann sig en sorts ro, som hon hoppades kunna ta del av trots saknaden av Martin.

Det blev två glas vin till maten, hon behövde koppla av efter en hektisk dag.

9

Grannen Siv hade bakat hela förmiddagen och dukade upp både bullar, mjuk pepparkaka och småbröd. Det var trivsamt hos det gamla paret. Vädret var lite ostadigt, så de bestämde sig för att vara inomhus. Medan Siv dukade fram de finaste kaffekopparna, visade Börje henne in i rummet. På ett högt skåp mitt i vardagsrummet var fotografier uppställda och Helena kunde se ett bröllopsfoto av Siv och Börje. På båda sidor om fanns foto på barn och barnbarn.

En väggklocka i ljust träslag tickade behagligt när pendeln rörde sig i en jämn takt. Gamla prydnadssaker belamrade rummet, men gjorde det ombonat och hemtrevligt. Det påminde till viss del om hennes eget föräldrahem, innan pappan gick bort och mamman efter något år kom till vård-boendet.

Helena önskade att det var hennes egna föräldrar hon besökte och tankarna gick till förmiddagens besök hos sin mamma. Gårdagens uppståndelse var redan glömd, som allt annat i hennes värld. Men hon var något piggare än på länge och tycktes känna igen sin dotter. Kanske hade slagsmålet gjort underverk. Hon satt i samlingsrummet tillsammans med Signe, som tydligen hade förlåtit Gulli. De hade förstås inte mycket att säga varandra, utan satt mest och väntade på nästa måltid.

"Du måste smaka pepparkakan, det är hennes specialitet", sa Börje och log mot sin hustru. Helena var egentligen mätt på kakor, men kunde inte motstå. Det fick bli en lättare kvällsmåltid istället.

Snett emot det gamla paret bodde Lars och de såg honom hålla på med något vid sitt garage. Helena berättade om hjälpen hon fått av honom med batteriet. Strax innan hon gick till Siv och Börje hade han kommit med skottkärran och satt batteriet på plats. Han kollade att det startade och log självsäkert.

"Vad vill du ha för allt jobb"? frågade hon.

" En kram och lite kaffe skulle sitta bra". Han hade glimten i ögat när han sa det.

Hon gav honom en hastig kram och lovade att bjuda på kaffe en annan dag, när hon inte var upptagen. Han försökte hålla kvar kramen, men hon drog sig ur famnen. Här skulle det inte bli något kramkalas, bestämde hon. Han skulle inte inbilla sig att hon var ett lätt byte, bara för att Martin var död.

"Ni bor närmast honom, hur är han som granne?"

"Vi har inte så mycket kontakt, fast vi bor ett hundra meter från varandra. Vi hälsar när vi möts och säger några ord om vädret, det är nog allt," sa Siv och Börje fortsatte.

"Han har varit ensam sen skilsmässan och går mest för sig själv där och skrotar. Har aldrig sett ett fruntimmer på besök. Inga kompisar heller numera. Han är ute och jagar en del och fiskar i Västersjön."

"Varje vinter åker han till Thailand och stannar två månader. Åke som bor borta vid Ljungabolet tar in posten åt honom under tiden," inflikade Siv och fortsatte, " vi tror varje gång att han skall ha en kvinna med sig hem."

"Det går en del rykten", försökte Börje, men stoppades av sin hustru.

"Ett rykte utan ben kan springa långt". Siv tog ofta till små ordspråk för att förtydliga.

Det blev inte mer sagt om ryktet, så Helena tackade för sig och begav sig hemåt för den långa promenaden med Abbot. Men först kollade hon på Blocket om hon fått några svar. En utländsk man vid namn Mahmod undrade om han och familjen på fem personer kunde hyra stugan. Hon svarade genast att det var omöjligt, stugan hade bara en våningssäng för två. Hon hade inget emot invandrare, men det fanns gränser ändå. Ett par kunde tänka sig att hyra om det var ett myggfritt område och inte alltför långt till en pool eller bad. Helena suckade och stängde av datorn.

10

Oktober tre år tidigare

Morten Munch Pedersen bodde i en liten etta i centrala Laholm. Under sitt yrkesverksamma liv hade han arbetat som snickare på ett företag i närheten av Mellbystrand. Utöver allt arbete räckte inte orken med några större utsvävningar, vilket hustrun tröttnade på. Hon ville resa ut i världen, men det var inget som han gillade. De var helt enkelt för olika och hade växt ifrån varandra. Hennes son från ett tidigare förhållande bodde hos sina morföräldrar, medan deras gemensamma bodde hos Morten en tid. Efter skilsmässan blev han ensam och förmådde inte skapa någon egentlig krets av vänner. Nu tillbringade han dagarna i sin lägenhet, men två dagar i veckan unnade han sig en dagens rätt ute, på en restaurang vid torget. Denna dagen var en av dessa.

Medan han drack upp sin öl fick han syn på mannen som han hade tipsat polisen om, angående båtstölden. Han var helt övertygad om att det var han, eftersom han kände igen honom sen tiden i Mellbystrand. Men polisen hade inga bevis, dessutom lyckades Olle skaffa sig ett alibi för kvällen och ärendet lades åt sidan.

Under en månads tid hade han funderat på hur han skulle kunna sätta dit honom, men kom inte på något. Morten var snart sjuttio år, ekonomin var inte så lysande, eftersom pensionen var dålig. Hans son Benny var singel numera, bodde i Helsingborg och hade ett bra jobb. De träffades inte så ofta nu för tiden, men ringde varandra en gång i månaden. Ibland fick han korta sms, för att höra att allt var bra. Dagens förvärvsarbetande människor var så inriktade på sina mobiler och drog sig för att ringa. Det gick fortare att trycka iväg ett meddelande, vilket enligt Morten var en tråkig utveckling. Man kunde utföra de flesta uppgifter med mobilen, betala räkningar, handla mat, boka resor och mycket annat. Affärer lades ner i städerna, för att många handlade varor på nätet. Men trots allt som underlättade för människor, var alltför många stressade och utbrända och orkade inte med att njuta av livet. Kanske var han gammalmodig, han hängde inte med i den moderna utvecklingen helt enkelt.

Han svepte de sista av ölen och gick hem till sin lägenhet, med utsikt över Lagan. I fönsterkarmen stod hans kikare, den som han ofta spanade i, för att titta på alla båtar som låg vid bryggorna i ån. Den enda krukväxten i köksfönstret såg hängig ut och han gav den lite vatten.

11

Det var dags att gå igenom Martins tillhörigheter och göra sig av med det som inte behövdes i hemmet nu. Helena öppnade hans garderob, men slogs genast av en olustkänsla som överrumplade henne med full kraft. Aldrig mer skulle hennes älskade Martin bära de här kläderna, tänkte hon.

Varför var det ingen som berättade att detta kunde hända på riktigt?

Det var så det kändes. Men egentligen borde hon förstått att alla inte hade rätten att leva i åttio utlovade år. Men det var ändå onaturligt att gå bort innan man blivit gammal, åtminstone när det drabbade någon i hennes närhet. Hon strök varsamt med handen över kostymen han haft på bröllopet. Skjortorna hängde strukna och fina, som om de väntade på sin ägare. Det bar henne emot att göra sig av med dem just nu, hon beslöt sig för att vänta.

Istället började hon gå igenom en del böcker som var Martins, en del deckare i pocketformat, men också böcker om fiske. Han var en hängiven fiskare och försatte aldrig tillfället att ge sig ut med båten på Västersjön. Under den tid hon hade känt honom hade det inte blivit så många fiskar under dessa turer, så hon undrade om det inte bara var själva avkopplingen på sjön som tilltalade honom. Ibland for han och en arbetskamrat ut i Öresund med båt från Råå, för att fiska torsk. Båtägaren kunde med ekolod hitta bra ställen, där torsken fanns, hade han förklarat.

Själv var hon inte så intresserad av fiske, men hade någon gång följt med honom ut på sjön en skön sommarkväll. Då hade hon sett både fiskgjuse och storlom som sökte föda och hon mindes att hon njöt av stillheten därute. Helena drömde sig bort i sina tankar om den tiden de varit tillsammans och ryckte till av en smäll mot fönstret.

Hon rusade ut och fick syn på en liten rödhake, som satt och kippade efter luft, efter att ha flugit rakt mot fönstret. Hon hoppades den skulle klara sig och lät den vara, den var nog bara chockad och skulle snart kunna flyga igen. I ögonvrån såg hon att något inte stämde. Hönorna gick och pickade på gräset utanför buren.

Hade hon inte stängt dörren ordentligt på morgonen?

Helena började rannsaka i minnet, men kom inte till något svar. Det hade aldrig hänt tidigare, hon var alltid noga med att lägga på haspen, samtidigt som hon pratade med hönorna. Hon erkände att hon varit något spänd inför arbetet med Martins saker, så visst kunde det vara möjligt att hon glömt.

Just som hon schasat in hönorna i buren, såg hon Lars komma gående med geväret på armen.

”Jag såg räven i morse, du får vara försiktig så att den inte tar dina hönor”.

Helena svalde sin ilska och förbannade sig själv för att han ertappat henne.

"Men rävar kommer väl inte mitt på dagen"!

" Kanske inte, men man vet aldrig. Sen har vi ju duvhöken som jagar också, det finns många faror som lurar."

Helena ville inte ta en diskussion med honom om alla faror och var på väg in i huset igen.

"Har du fått några svar på uthyrningen"?

"Några har hört av sig, men ingen seriös än så länge."

Hennes mobil ringde och hon fick en bra anledning att säga hej då till Lars, som lommade iväg hemåt. Kajsa ville bara kolla så att allt var bra med henne och undrade om de skulle ta en tur till Väla Center någon dag i veckan. Helena lovade att återkomma senare i veckan. Semestern hade ju just börjat och hon hade mycket inplanerat. Det tycktes vara lugnt med hennes mamma, men hon måste besöka henne snart igen. Hon upptäckte att rödhaken hade flugit iväg.

Hon satte in en annons på blocket om försäljning av Martins fiskeutrustning, två spön och diverse tillbehör. Hans golfklubbor med vagn skulle inte heller komma till användning, så hon ordnade ytterligare en annons, med två foton som komplement. Visserligen fanns det en golfbana i närheten, där Martin varit medlem, men inte spelat det senaste året. Hon skulle säga upp hans medlemskap också, skrev hon på en lapp.

Helena var klar med annonserna när det knackade på dörren. Hennes första tanke var att det var Lars igen, han hade börjat bli lite väl påträngande. Hon öppnade med ett bistert uttryck i ansiktet, men blev överraskad. Det var inte Lars, det var en helt okänd man, som stod där med ett försiktigt leende som inramades av ett välansat skägg. Han kunde vara i hennes egen ålder, möjligen några år yngre. Skägg hade förmågan att göra män äldre än de egentligen var. Han hade vänliga bruna ögon, så trots att hon inte kände mannen, blev hon inte osäker.

12

Oktober tre år tidigare

Krisläge. Det var så Olle sa i telefon till den något äldre mannen. Han var upphetsad.

" Vi måste träffas genast."

De bestämde tid och plats och två timmar senare satt de i den äldre mannens bil vid golfbanan i Mellby. Vid den här tiden på året var den inte bemannad och de som spelade på banan kunde själva betala med kort och notera sitt handikapp. Trots att vädret var skapligt, var det bara ett fåtal bilar på parkeringen.

Olle visade upp brevet han fått tidigare på dagen.

Jag vet om era båtstölder. För att hålla tyst vill jag ha femtio tusen kronor! Lägg pengarna i denna plastpåse och lämna den vid bortersta långbordet utanför "Rökeriet" i Laholm på fredag 15.00!

Olle höll upp en plastficka från Forex, medan den något äldre mannen funderade.

"Men va fan Olle, nu har du klantat till det ordentligt!"

"Det gäller väl inte bara mig, det står ju *era båtstölder,* så vi sitter i samma sits."

De satt tysta en stund innan den något äldre mannen, som tycktes vara den som hade alla lösningar, tog till orda.

"Är det han som tipsade polisen om din stöld, tror du"?

"Det måste vara han, jag vet vem det är."

"Hur vet du det"?

"För att jag såg honom när jag snodde båten och känner honom."

"Du är så djävla klantig Olle! Nu måste vi få honom tyst."

"Hur menar du?" sa Olle och fortsatte, "kan vi inte bara ge honom pengarna, lägga dem där vid restaurangen så vi får slut på detta?"

"Han kommer aldrig att sluta Olle."

Olle såg olycklig ut och förstod allvaret i situationen de försatt sig i. Han såg framför sig hur polisen skulle hämta honom till nya förhör och pressa honom att ange sin kumpan. Det skulle bli några år i fängelse och den skammen skulle vara svår att överleva. Hans son Ludvig skulle aldrig förlåta honom. Tankarna surrade i huvudet på honom. Den något äldre mannen väntade på hans svar.

"OK", sa Olle.

13

Mannen som knackat på dörren presenterade sig med ett namn som Helena genast glömde. Han förklarade sitt ärende och ville gärna hyra stugan. Han hade sett annonsen på blocket men ville se stugan innan han bestämde sig.

"Om den fortfarande är ledig", sa han.

"Ja, den är ledig. När har du tänkt dig"?

"Om det passar så kan jag hyra den från detta veckoslutet".

Helena visade honom stugan och förklarade att hon skulle bara fräscha upp den i veckan. Han var nöjd med vad han såg och de kom överens om priset för en månadshyra, som han betalade kontant i förskott. Helena upplyste honom om att ta med egna lakan och skulle ha stugan iordning på fredag kväll.

"Det är möjligt att jag hyr ytterligare en månad, vi får se hur det går," sa han utan att precisera vad han skulle göra där i stugan. Det fanns ingen anledning för henne att forska i vad han skulle göra, men lite undrande var hon.

Han åkte iväg i sin vinröda Opel, som visade på rost vid stänkskärmarna. Helena stod leende kvar en stund, med pengarna i handen. Allt hade gått så fort och enkelt att hon nästan blev betänksam.

"Hoppas detta slår väl ut," tänkte hon och kollade att hönsburen var låst innan hon gick in.

Hon ångrade annonsen om försäljning av fiskutrustningen och tog bort annonsen. Den och den lilla båten kunde ju få utnyttjas av de som hyrde stugan. Så långt hade hon inte tänkt och visste inte heller om mannen var intresserad av fiske. Hon försökte minnas namnet på honom.

Var det Kenny eller Conny? Hon var inte säker. Det var ju förstås dumt att inte ta hans namn och telefonnummer om det skulle strula till sig med något. Det fick bero till på fredag. Han hade inte begärt något kvitto, det skulle hon också fråga honom om.

Hon ringde till Kajsa, som svarade genast.

"Jag har hyrt ut stugan"!

"Jag visste det, vem är det"?

Helena berättade om mannen i en vinröd Opel.

"Lycka till", sa Kajsa och fortsatte; "förresten hur blir det med turen till Väla"?

De kom överens om att tillbringa några timmar där på torsdagen. Dagarna innan dess skulle Helena hinna städa i stugan, besöka sin mor på vårdhemmet, röja bland Martins saker och om tillfälle gavs bjuda Lars på en kopp kaffe.

Abbot tittade uppfordrande på henne och hon förstod att det var dags att ta den där skogspromenaden. Det var ett utmärkt tillfälle att samla sina tankar i den klara luften.

Efter promenaden fortsatte hon med att sortera bort böcker. Allt om golf och fiske lade hon i en hög för att slängas. Hon bläddrade som hastigast i dem av ren rutin, för att utesluta att något viktigt gick till soptippen. En gång hade hon hittat en sedel i en pocketbok, som hon ville läsa om. Det var inte mer än en tjugo kronors sedel, men var inte att förakta just då.

Ett tidningsurklipp föll ur en av böckerna. Det var en artikel från Laholms tidning, från september för tre år sen. Hon läste de stora rubrikerna, som talade om ouppklarade båtstölder i området vid Halmstad och Laholm.

Hon undrade varför Martin hade sparat det. Kunde det vara något av vikt för honom och i så fall varför? Det kunde väl inte vara någon båt som tillhört honom?

Vad hon kände till, hade han bara den lilla båten med utombordsmotor, som nu låg i Västersjön. Hon funderade inte mer på urklippet, men sparade det ändå och fortsatte med utrensningen. Till slut fanns det en stor samling böcker som skulle slängas, eller lämnas på loppis. Hon behövde en kartong att samla dem i och letade en stund.

Längst in i garderoben såg hon en kartong, som delvis var gömd av gamla kläder Martin brukade ha på sig när han arbetade i trädgården. Abbot kom in till henne och viftade på svansen, men hon schasade ut honom. Med stor möda lyckades hon baxa ut kartongen. Den var tung och hon hade ingen aning om innehållet.

Helena var svettig när hon hade fått upp den på ett bord. Kartongen var väl tillsluten med bred tejp och snören. Först vågade hon inte öppna, men tänkte att hon var tvungen, eftersom allt nu tillhörde henne. Bara hon kunde avgöra om det var något som skulle sparas.

Chocken fick henne att nästan tappa andan. Överst fanns fler tidningsurklipp, men under dem var kartongen fylld med både euro och svenska sedlar i valören tvåhundra kronor! Hon var tvungen att sätta sig ner, för upptäckten gjorde henne knäsvag. Just då ringde hennes mobil.

14

Oktober tre år tidigare

Ett ihållande höstregn vräkte sig in från väster, där de flesta lågtrycken kom ifrån. Efter en fin sommar var det inget annat att vänta, regnet behövdes. Blåsten ruskade om i träden längs ån, dit Morten var på väg. Denna fredag hade han ätit en sen lunch på sitt stamställe vid torget och drog sig inte för att ge sig ut i ruskvädret. Han var ordentligt klädd, ett regnställ med huva stoppade vätan. Dessutom hade han ett ärende att uträtta.

Han såg sig för när han gick över vägen, ner mot ån. Hade han vänt sig om hade han upptäckt två personer som närmade sig honom. Men med huvan uppfälld var det inte lätt att höra eller se något. Några sportfiskare syntes inte till denna dag, det var för dåligt väder för denna aktivitet. En vecka tidigare hade han sett hur man fångade ett stort antal laxar där. Många av sportfiskarna var danskar som bodde i sina husbilar på campingen. Deras fruar passade på att shoppa i stan.

Ingen människa syntes till och han stod en stund och såg ut över ån, vars vatten krusades av blåsten. Plötsligt anade han något som rörde sig bakom honom och skulle just vända sig om, när han kände ett hårt slag i nacken. Allt blev svart och han föll framlänges nerför slänten mot ån.

15

Helena drog för gardinerna innan hon svarade i mobilen.

"Hej mamma, hur mår du"?

"Men hej lilla gumman, jo tack det är bra, hur är det själv"?

Christina ringde från London, där hon arbetade på ett finansbolag, ett jobb som hennes pappa David lyckats ordna åt henne genom kontakter. Hon var som klippt och skuren för arbetet, men det gällde att ha kontakter för att få jobb i finansens högborg.

" Det är lite strul med min sambo. Han har flyttat ut och vi har bestämt att ta ett break".

"Är det något speciellt som hänt?", frågade Helena försiktigt. "Är ni ovänner?"

"Inte direkt, men jag hade hoppats på att vi skulle bilda familj och skaffa barn nu, men han vill vänta."

"Så tråkigt, jag hoppas ni kan lösa det."

"Det hoppas jag med, jag blir ju trettio nästa år, så det börjar bli dags, tycker jag. Men det värsta är att det är hans lägenhet och jag har en månad på mig att hitta en ny bostad, vilket inte är lätt i London."

" Men hur kan du lösa det, har du pratat med pappa"?

" Nej, han har flyttat till Bryssel, där han har fått ett nytt jobb på sin karriärstege. Han har dessutom en ny kvinna, en fransyska, som jag inte gillar, så jag har inte så mycket kontakt med dem."

Helena stod handfallen och visste inte vad hon skulle säga. Att hennes före detta träffat en ny, var inte så märkvärdigt, hon brydde sig inte. Men för dotterns del blev hon orolig och kunde inte komma med något råd. Christina förekom hennes nästa fråga.

" Jag kan kanske bo en tid hos en kompis, hon har ett litet rum där jag får plats med en säng. Det löser sig säkert".

"Förresten, kan jag komma hem till dig i jul"?

"Men det är självklart att du kan! Steven är klart också välkommen om ni har fått ordning på ert förhållande."

Helena berättade om uthyrningen av stugan, om sin sjuka mamma, men nämnde inte med ett ord sin upptäckt av pengarna.

"Nu måste jag sluta, jag har ett möte snart".

Alla dessa möten.

Det lät stressigt att alltid var styrd av planeringskalender och tider. Samtalet var över och Helena var glad att Christina ringt och ville komma. Kanske skulle relationen nu bli bättre, när de skulle umgås hela julhelgen.

Pengarna. Hon måste ta sig en funderare på vad hon skulle göra med dem. Frågorna hopades. Vad var det för pengar?

Martin skulle aldrig spara pengar på det sättet, han var noga med att investera i fonder eller pensionsförsäkringar, de pengar som blev över varje månad. Vems pengar är det i så fall?

Tankarna gick till Martin. Gråten vällde fram, gick inte att hejda. Hon grät för allt som inte skulle bli av, för allt de inte hunnit med och för sin egen oroliga framtid.

Utmattad somnade hon på soffan en stund och vaknade av att Abbot gnydde. Hon ryckte till av något ljud utifrån. Hon kikade ut mellan gardinerna, men kunde inte se något. Snabbt stuvade hon in kartongen med pengar och tidningsurklipp och gick ut på gården. På avstånd såg hon ryggen på Lars, som var på väg till sitt hus.

16

Oktober tre år tidigare

Två dagar senare kunde man läsa rubrikerna i tidningen:

Äldre man brutalt rånmördad under fredagen i Laholm. Polisen uppmanar vittnen att höra av sig.

"Helvete, du skulle aldrig slå så hårt! Nu är vi skyldiga till mord också, jag pallar inte detta."

Den något äldre mannen försökte se konstruktivt på den prekära situation de hamnat i och menade att nu hade de fått tyst på vittnet till Olles båtstöld. Dessutom fanns det inga vittnen till mordet, var han helt övertygad om.

" Men begriper du inte att jag kommer att kallas till nytt förhör, det var ju för fan han som tjallade för polisen om båtstölden! Nu är han död och de kommer att koppla mordet till mig. Jag klarar inte ett förhör om mord!"

" Lugna nu ner dig, Olle. Vi ligger lågt och ser vad som händer. Men kom ihåg att vi var två om det."

" Vad menar du, det var du som slog ihjäl honom!"

" Vi skyller på varandra, så kan vi inte dömas. Det har jag sett i många liknande fall."

" Du är fan i mig inte klok", sa Olle och lämnade honom.

17

Helena hade svårt att somna. Efter middagen och den vanliga rundan med Abbot tillbringade hon resten av kvällen i soffan. De fyra år gamla tidningsurklippen ordnade hon efter datum, drog för gardinerna och läste varenda rad, för att försöka förstå. Hon sneglade på kartongen med pengarna och ville räkna hur mycket det var, men något gjorde att hon inte kunde förmå sig till att rota i det som inte tillhörde henne. Eller var de hennes nu?

Ouppklarade båtstölder, polisen söker vittnen.

Längs kusten från Göteborg till Halmstad hade det under de två sista månaderna stulits båtar och motorer för stora belopp. Polisen anade att det rörde sig om en internationell liga, som härjade och snabbt förde ut båtarna ur landet för att säljas. Den senaste i raden var en Nimbus-båt. Inga spår fanns av tjuvarna.

Ny båtstöld denna gång i Lagan. Vittne träder fram.

En man förhördes om den aktuella båtstölden, men fick släppas på grund av brist på bevis. Enligt vittnet kände han mannen som han såg vid båten den aktuella kvällen, men såg inte själva stölden.

Polisen famlade i mörker och hade inget att gå på, men uppmanade båtägare att vara på sin vakt.

Arga insändare förekom också i urklippen från den perioden. Man klagade på polisen som inte kunde agera kraftfullare.

"Skall verkligen brott löna sig?" undrade en insändare.

Helena förstod att pengarna hade med båtstölderna att göra, men vågade inte tro att Martin var inblandad. Men vems är då pengarna? Finns det någon därute som skall komma och hämta dem? Tanken slog henne som en blixt från en klar himmel och hon blev rädd.

"Fan, Martin, varför har du inte berättat för mig?"

Abbot lyfte på huvudet och såg undrande på henne.

"Förlåt, det var inte meningen att svära."

Hon kliade hunden under hakan, hon visste att han gillade det. Abbot njöt av behandlingen och la sig tillrätta igen. Hon var glad att hon hade Abbot, han skulle säkert skydda henne från faror. Hon måste försöka ta reda på vem som låg bakom båtstölderna och framför allt vem pengarna tillhörde. Men var skulle hon börja, vem kunde hon fråga?

Hon kröp ner i sängen, men sömnen infann sig inte. Vid tretiden på natten hade hon fortfarande inte somnat och gick på toaletten. Ute lyste augustimånen med full kraft och skapade skuggor i trädgården. Hon kände sig ensam och övergiven, rädd för lurande faror.

Hon vaknade med ett ryck av att någon puffade på henne. Hon hade somnat till sist, solen stod redan högt på himlen. Kallsvettig lyfte hon på huvudet och såg Abbot stå vid sängen och vifta på svansen. Med en suck sjönk hon ner på kudden igen.

Hon tog sig samman och tog en snabb frukost med flingor och en smörgås med kaffe. Abbot var nöjd med att släppas ut i trädgården en stund, han brukade alltid hålla sig nära huset och inte springa iväg.

Hon kom lagom till lunchen på vårdhemmet Södergården. Mamman var redan på plats, hon hade hämtats av någon av personalen. Helena tyckte egentligen inte om att komma så nära sin arbetsplats på semestern, men kände sin plikt mot sin mamma. Snart skulle hon köra hem igen.

" Christina kommer hem till jul, mamma. Då kan vi ju hämta dig och fira jul tillsammans, vad tror du om det?"

Den gamla damen såg inte upp från tallriken, utan var fullt koncentrerad på fiskgratängen. Man visste aldrig var hon hade tankarna. Utan att se på sin dotter, sa hon:

" Mor och far kan ju också komma då."

Helena suckade, men ville inte tillrättavisa henne med att de dog för över trettio år sen.

" Vi får se, mamma."

18

Oktober tre år tidigare

Det kom ett nytt brev en dag senare. Texten var tydlig, budskapet likaså. Med stora svarta blockbokstäver stod det:

SISTA CHANSEN INNAN JAG GÅR TILL POLISEN

PENGARNA I MORRON

SAMMA TID SAMMA PLATS

Olle blev kallsvettig, när han läste brevet. Det Hade alltså inte varit Morten Pedersen, som pressade dem på pengar. Någon annan fanns därute och visste för mycket.

19

Helena städade stugan under eftermiddagen. Hon var trött efter den dåliga sömnen under natten, men var tvungen att få den klar för hyresgästen. Vem han nu är, tänkte hon. Det tycktes vara många frågor som det inte fanns några svar på just nu. Men det kändes skönt att arbeta med något istället för att sitta och tänka. Hon kollade så att spisen fungerade, satte igång kylen och gjorde stugan så hemtrevlig det gick. Nu kunde hyresgästen komma.

Alla böcker som skulle lämnas bort var sorterade, två svar hade kommit angående golfklubborna och hon gjorde upp med en köpare som skulle komma under helgen. Senare skulle hon ta itu med hans kläder, men det var ingen brådska. Nöjd med dagen blev på nytt en stund i soffan och ett glas vin. Hon visste med sig själv att konsumtionen på sista tiden hade ökat och bestämde sig för att dra ner på den efter semestern. Hon fick ju inte bli alkoholist på kuppen.

I kartongen med pengar hittade hon ytterligare två tidningsurklipp, som var något nyare än de andra. Sedlarna vågade hon inte röra än så länge, men var ändå ganska nyfiken på hur mycket det rörde sig om.

Äldre man brutalt rånmördad i Laholm.

Artikeln var från oktober och beskrev en man av dansk härkomst, som blivit brutalt nerslagen och rånad. Han hittades på lördagen och hade troligen legat på slänten vid ån sedan fredag eftermiddag. Polisen sökte vittnen till händelsen, som troligen inträffade någon gång mellan 15 och 18 på eftermiddagen. På grund av regn och blåst den eftermiddagen hade inte mannen hittats förrän dagen efter. Ägaren till en restaurang kunde bekräfta att mannen ätit en sen lunch där vid två-tiden.

Mannen hade misshandlats med något hårt föremål i huvudet och på överkroppen. Hans plånbok och mordvapnet var spårlöst borta, liksom alla spår efter förövaren.

Längre ner i artikeln kunde Helena läsa att mannen hade lämnat vittnesmål om en av båtstölderna en månad tidigare, något som tyvärr inte ledde till åtal.

Nästa tidningsartikel var om en mystisk olycka utanför Mellbystrand i Laholmsbukten.

Dödsolycka med båtscooter, man troligen omkommen.

Polisen tyckte det var konstigt att någon gick ut med en så lätt scooter i havet under oktober månad, när havet var i uppror efter några dagars blåst och regn. Scootern hade hittats ganska nära land, något som var förbryllande. Polisen kunde i det läget inte utesluta brott, men betecknade det i första hand som en olycka. Utredning pågick och eventuella vittnen ombads höra av sig. På det sista urklippet hade någon skrivit med blyerts två bokstäver: O B?

Helena drog sig till minnes att några berättat att en bror till Martin hade dött i en båtolycka för ett antal år sen. Det var inget som Martin hade nämnt med ett ord. Kunde det helt enkelt vara han som var inblandad i båtstölder för att sen omkomma på den där scootern? Men mordet på den gamle mannen? Var han skyldig till det också och hade han i så fall utfört allt ensam eller hade han en kumpan?

Än en gång svor hon över Martin, som aldrig berättat. Var det ändå så att Martin var medskyldig? Hon hade svårt att tänka sig det. Men varför fanns kartongen med pengarna och urklippen gömda i Martins garderob? Det var så många frågor hon ville ha svar på nu, men vem skulle hon fråga? Martins syster Kerstin i Härnösand klart, men hon ville inte riva upp gamla sår. Dessutom hade de inte så bra kontakt med varandra nu efter Martins död. Martins kompisar kände hon inte så väl, Jenny och Pelle i Munka Ljungby visste kanske något, men de var på semester på Kreta just nu.

”Kanske jag skulle våga fråga Lars,” tänkte hon.

Hon viftade till en geting som hade förirrat sig in i huset genom ett öppet fönster. Hon stängde det och tog ut Abbot på kvällsrundan, men vågade inte långt bort från huset. Hon tänkte lägga sig tidigt och få ordentligt med sömn denna natt. Hon funderade på bokstäverna O och B. Vad betydde de, var de kanske initialerna på ett namn?

20

Deras bokade timme för tennis var slut och de satt i om-klädningsrummet och pratade efter duschen. Kompisen var inte sig lik tyckte Micke, som lättare än vanligt kunde vinna över honom idag. Något verkade trycka honom och Micke frågade försiktigt hur det var fatt.

"Jag tänker på min pappas död," sa Ludvig. "Det är fyra år sen han gick bort i en olycka med en vattenscooter ute på havet, eller nära land förresten. Han hittades aldrig".

" Jag kommer ihåg det. Det är klart du sörjer honom, men vad är det du funderar över"?

" Polisen som gjorde utredningen kom fram till att det var en olycka, men jag är inte säker. Varför hittades han inte? Det var något konstigt vid den tiden med båtstölder och jag tror nästan att han på något sätt var inblandad."

"Har du pratat mer med polisen"?

"Nej, det är inte lönt, du ser hur överhopade med jobb och utredningar de är. Men jag har forskat lite själv, sen jag kom hem från utlandstjänsten."

"Du måste vara försiktig, det kan ju vara farligt."

"Du har rätt", sa Ludvig och de båda kompisarna skiljdes åt.

21

Efter några dagars tryckande värme kom så ett åskväder, som snabbt drog förbi, men lämnade stora pölar av regnvatten på gårdsplanen. Helena hade hoppats att de skulle kunna sitta ute under kaffefikan som hon bjudit in Lars på, men nu fick det bli inomhus istället. Frysen var tom på hembakat, så det blev wienerbröd från Café Centrum i Munka Ljungby, hennes favoritkonditori. Till helgen skulle hon försöka mobilisera energi till ett bullbak. Det var bra att ha i frysen, hon ville gärna ta sig en kaka till kaffet varje dag, en vana som var svår att ändra på.

Lars lät sig väl smaka och såg sig runt i rummet. Det var första gången han var där och uppskattade hennes inbjudan. För Helenas del var det en gest för hans arbete med bilbatteriet.

" Har du fått några uthyrningar?" Lars var nyfiken.

" Ja en man skall hyra nu en månad och kanske en till."

" Då har du ju två män i din närhet", skojade han i ett försök att vara flirtig, utan att lyckas.

Helena ignorerade hans svar och kom försiktigt in på ett annat spår, som hon inte visste hur hon skulle formulera.

" Visste du att Martin hade en bror som dog?"

Lars blev allvarlig och tycktes tänka efter.

" Ja, det stämmer," sa han försiktigt.

" Vet du vad han hette?"

"Han hette Olle, varför frågar du om honom?"

" Jag är väl bara nyfiken, Martin berättade aldrig om att han hade en bror. När jag rensade ut bland böcker och annat, så hittade jag tidningsurklipp som Martin sparat av någon anledning. Så kom jag att tänka på att någon nämnde en bror till honom efter begravningen, men jag var nog för uppriven för att orka fråga just då." Hon fortsatte:

"Kände du honom, förresten?"

" Nej". Svaret kom snabbt, väldigt snabbt tyckte hon.

Hon såg hur Lars svepte med blicken över rummet, med en rörelse som han inte trodde skulle märkas. Det blev inte mer sagt om Martins bror, så Helena berättade istället om sin dotter i London, sin mor och uthyrningen av stugan.

" Har du förresten några barn?"

" Jag har en son på trettiotvå år som bor i Stockholm, men vi ses sällan. Han flyttade med sin mor vid skilsmässan för femton år sen, till huvudstaden."

Lars kände sig något besvärad över att prata om gamla tider och Helena ville inte pressa honom mer.

22

De hade shoppat några timmar på Väla Center och var hungriga på lunch. Kajsa och Helena köpte var sin kycklingrätt på Wok Kitchen och hittade platser i utkanten av det stora restaurangtorget. Inte bara besökare på varuhuset åt sin lunch här, utan många kom från närliggande företag. Vid kaffet som ingick berättade Helena att hon bjudit in Lars på kaffe dagen innan.

" Men ni umgicks väl inte med honom tidigare?" Kajsa var förvånad.

Helena förklarade varför och nämnde också vad hon hittat i tidningsurklippen. Pengarna nämnde hon inte med ett ord. Hon ville inte avslöja sedlarna för någon just nu.

" Visste du något om Martins bror?"

" Jag hade hört historier om båtstölderna och att det var två män enligt rykten. Sen dog en av dem och stölderna upphörde. Men jag kände ju inte Martin och ännu mindre hans bror. Det gick rykten om att han knarkade förresten, brodern alltså."

" Tänk att inte Martin berättat något för mig om sin bror."

"Martin skämdes kanske över vad Olle gjort, kan det vara så enkelt?"

"Det är möjligt", sa Helena dröjande.

23

Oktober tre år tidigare

Polisens utredare hade nu kommit fram till att det var en olycka som antagligen hade bragt Olle Fredlund om livet. Men kroppen gick inte att hitta, ingen hjälm, flytväst eller andra tillhörigheter heller. Allt var ett enda frågetecken. Nya fall dök upp och därför lades utredningen ner.

Mannen satt vid frukostbordet och tuggade i sig en smörgås och höll på att sätta morgonkaffet i halsen. Han läste noga varje rad och förstod att det nu skulle vara så gott som omöjligt att få pengarna. Han hade gett dem en chans till, kanske var han för snäll, skulle kanske pressa Olle hårdare. Dagarna hade gått och när inga pengar dök upp skrev han ett nytt brev, men inte heller då fanns den gula plastfickan på plats. När han läste om mordet på den gamle mannen, misstänkte han att det var Olle och hans kumpan som bragt honom om livet. Det var antagligen Morten som var vittnet. Det första vittnet! Han började fundera ut en mer drastisk plan, när han nu läste om olyckan.

Han visste tyvärr inte vem Olles kumpan var, hade bara gett sken av det i sina brev. Men han skulle söka vidare och ta reda på vem det var. Men först skulle han göra ett besök i Olles hus, kanske kunde han roffa åt sig alla pengarna istället för futtiga femtio tusen. Då kunde han känna sig nöjd tyckte han och avslutade frukosten.

På nytt läste han artikeln och såg att olyckan hade skett för tre dagar sen. Om han hade tur hade inte polisen gjort någon undersökning i hans hem ännu. Olle hade ju varit på ett förhör angående båtstölder, men släppts i brist på bevis, så det var inte troligt att polisen brydde sig mer. De hade så mycket annat att göra.

Han visste adressen till huset i Mellbystrand, han hade själv bott i närheten en gång. Så här års var det inga sommargäster ute på kvällarna, så det skulle nog bli en enkel match att ta sig in utan att någon märkte det. Klockan var en kvart över ett på natten när han sakta svängde in på Granvägen. I korsningen mötte han en bil, men snart var allt tyst och stilla. Månen hade lämpligt nog gömt sig bakom några moln, men han satt kvar i bilen en stund, för att samla mod. Från den lilla parkeringen var det inte mer än ett hundra meter till huset, som skymtade längre fram.

När han kom fram till huset såg han att dörren var uppbruten. En isande känsla av rädsla kom över honom. Han stod tyst och försökte lyssna om någon var inne i bostaden. Efter en stund smög han försiktigt in. Han vågade inte tända ljuset eller sin ficklampa, utan trevade sig fram i mörkret. Han var övertygad att det inte fanns någon där, men såg på röran, att någon varit inne och sökt igenom huset. Det skulle inte vara lönt att försöka hitta det han letade efter. Antagligen hade den tidigare besökaren tagit hand om pengarna. Än en gång förbannade han sig själv för att inte agerat tidigare. Men han visste ju inte om att Olle var död, försvarade han sig. Han lämnade huset i samma skick som när han kom. Det skulle inte finnas några spår av honom, var han övertygad om.

Bakom ett träd utanför huset iakttog en annan man honom när han smög iväg till bilen längre bort. Mannen kunde inte se hans ansikte, men förstod att inte heller han hade hittat det som de båda antagligen letade efter. Vem den nye besökaren var hade han ingen aning om. En inbrottstjuv som visste att huset stod tomt? Men mannen som gömde sig i skuggorna anade något annat. Det kunde mycket väl vara utpressaren! De hade dödat fel man den där dagen och den riktige utpressaren gav tydligen inte upp.

Mannen hade förstått på Olle att han inte kunde bära skulden av att ha varit med om att döda en människa. Han hade sett allt i svart och i sitt berusade tillstånd hoppat på sin scooter och försvunnit ut i havet. Mannen hade inte kunnat stoppa honom. Han sörjde sin kompis, men hans död gjorde det lättare för honom själv att undkomma rättvisan. Men Olles del av pengarna ville han gärna sätta klorna i. Han anade att Olles bror Martin nu hade tagit hand om bytet och att det inte skulle bli lätt att få tag i pengarna. Även om de kände varandra så hade de inte någon kontakt nuförtiden.

24

Fredagen blev jäktig för mannen som skulle hyra stugan av Helena. En del arbete återstod på reklambyrån, men framåt eftermiddagen hade han läget under kontroll. Nu skulle han hem och packa några kläder, handla mat och dra iväg.

" Tror du inte du får "lappsjuka" därute i skogen", skojade arbetskamraterna vid eftermiddagskaffet.

" Han får sällskap av myggen", fnissade Lena.

" Det skall nog gå bra, jag kommer att trivas bra där. Om jag inte står ut alla fyra veckorna på min semester, så åker jag hem till lägenheten i stan."

" Men skulle du inte ta tjänstledigt efter semestern?"

" Jo kanske, jag hör av mig om två veckor."

Han svängde inom Ica Maxi och handlade några basvaror för de närmaste dagarna. Han mindes att det fanns en affär, som hette Arons i Hjärnarp, där han kunde handla sen.

Vid femtiden svängde han in på gårdsplanen med sin vinröda Opel och parkerade vid stugan. Han stod en stund och lyssnade på tystnaden, bara ett svagt sus av vinden som drog genom trädkronorna kunde höras. Det var stor skillnad mot alla ljud från trafiken i stan, tänkte han. Bakom honom hördes hönorna i buren skorra förnöjt. Just som han skulle gå mot huset där värdinnan bodde, kom hon ut på gården och välkomnade honom med ett stort leende och en nyckel.

" Hoppas du skall trivas här, säg bara ifrån om det är något du saknar, eller så."

" Jag ser att du har en grill, får jag låna den och bjuda på en köttbit ikväll"?

Helena blev så överraskad att hon först inte visste vad hon skulle svara, men hade inget särskilt för sig.

" Ja tack, men då bjuder jag på vin"!

" Avgjort, jag ropar när det är klart."

Hennes mobil ringde, det var Jenny som undrade om hon hade lust att komma på kräftskiva lördagen om två veckor.

" Malin och Alex kommer, så du kan kanske samåka med dem? Det kommer ett par till, några grannar till oss."

Helena räknade genast ut att hon skulle bli "femte hjulet", men kunde inte tacka nej, det var ju snällt att de tänkte på henne. Hon lovade att komma och frågade hur semestern på Kreta varit.

" Vi hade det skönt, många härliga bad och vandring i den där ravinen du vet. Vi berättar mer senare."

Helena hade aldrig varit på Kreta och visste inget om någon ravin, men ville inte avslöja sin okunskap och avslutade samtalet.

Hon såg på Martins kamerasamling, som han varit så rädd om. Han hade varit en hängiven naturfotograf och inte kunnat göra sig av med kameror, som han använt genom åren. För att utöka samlingen hade han tydligen köpt in gamla objekt på loppis och på Blocket, så nu fanns det ett tjugotal i ett glasskåp. Hon kunde inte förmå sig att göra sig av med dem ännu.

Tankarna på Martin gjorde att sorgen rasade genom henne i form av tårar. Abbot tittade sorgset på henne och la sitt huvud i hennes knä, för att trösta.

" Jag vet att du också saknar honom", sa hon och hunden tycktes instämma med att lägga huvudet på sned. De förstod varandra väl och skulle kämpa för att livet skulle bli drägligt. Men det skulle aldrig bli detsamma som när Martin levde.

Tiden läker alla sår.

Det var bara tomt prat ansåg hon, men förstod att livet hade sina överraskningar, som man klarade av om man var stark nog. Hon mindes när hennes pappa gick bort i cancer för sju år sen, det året han skulle fylla sjuttioåtta. Han hade varit frisk som en nötkärna hela livet, var lång och reslig, men blev genom sin sjukdom en svag och bruten man den sista tiden. Mamma Gulli, som nu satt på vårdhemmet, blev knäckt av sorg och hämtade sig inte riktigt. Hon sörjde sin Axel, de hade levt ett bra, men arbetsamt liv och varit gifta i över femtio år.

Helena samlade sig och kopplade Abbot för en skogsrunda. Han viftade ivrigt på svansen, glad över att den sorgsna stunden var över. Hon vinkade på Börje och Siv, som påtade i sin trädgård och skymtade Lars längre bort. Hon hade ingen lust att prata med honom just då och skyndade förbi.

25

Helena såg att mannen i stugan hade startat grillen, så hon tog en snabb dusch och tog fram en vinflaska. Hon gick ut för att ge hönsen mat och mannen viftade med grillgaffeln.

" Kan du komma om en halv timme, då är maten klar"?

Hon gjorde tummen upp och log mot honom. Vädret såg stabilt ut, det skulle bli en varm kväll enligt de senaste meteorologiska rapporterna. Helena tyckte det var enkelt nu för tiden att få koll på vädret. Några tryck på mobilen så hade man prognosen klar. Oftast stämde det. Abbot skulle få följa med ut i den sköna kvällen.

Mannen i stugan hade dukat upp med en sallad, grillspett och en sås på yoghurt med lime. En rödrutig duk låg på det lilla träbordet, som tillhörde stugan. Helena slog sig ner och hällde upp vin till dem båda. De skålade och Helena hälsade honom välkommen än en gång.

Egentligen tyckte hon det var fel att sitta där med en vilt främmande man, men ursäktade sig genast. Hon var ju hyresvärd och han gäst i stugan och det var ju fullt legitimt att vara artig. Men det fick absolut inte bli någon vana, så brydd för sällskap var hon inte, intalade hon sig och högg in på maten. Det smakade bra, köttet perfekt genomgrillat och salladen med oliver, tomater och couscous var underbart god.

Efter en halvtimme ringde Helenas mobil. De hade inte ätit färdigt, men Helena såg på displayen att det var något med hennes mamma igen. Hon ursäktade sig och gick en bit bort från bordet.

" Vi kan inte hitta din mamma, hon måste ha rymt." Föreståenderskan var olycklig när hon lämnade beskedet.

" Vi hjälpte henne till rummet som vanligt efter middagen, men när vi skulle se till henne en timme senare var hon borta. Vi är ute och söker och om du har möjlighet kan du kanske också komma"?

Helena lovade att komma, men tänkte inte på att hon druckit vin. Visserligen bara ett glas, men ändå. Det kunde inte hjälpas, hon måste dit och leta efter henne och hade sina aningar om var hon skulle söka. Hon förklarade snabbt för mannen i stugan, som lovade ta hand om Abbot. Helena hann inte tänka klart, men litade på honom. Samtidigt som hon slängde sig in i bilen hörde hon åskmuller på avstånd. Snart skulle det börja regna!

Hon körde fort sträckan till Örkelljunga, där hon vek av från länsvägen och in på en grusväg. Några tunga regndroppar föll på vindrutan, men upphörde snart. Efter någon kilometer såg hon på avstånd en figur gå på vägen i sina morgontofflor. Hon hade den blommiga klänningen på sig och en grå kofta över axlarna. Hon såg så spröd och vilsen ut där hon gick, det gjorde ont i Helena.

" Mamma, vart är du på väg"?

" Det är ju dags att mjölka korna", sa hon som den naturligaste sak i världen.

" Men det kan nog någon annan göra ikväll, jag kör dig tillbaka nu."

" Har Axel kommit hem ännu"?

Helena ignorerade frågan, det var inte lönt att försöka föra en vettig dialog med mamman. Hon hjälpte henne in i bilen, ringde till förestånderskan och körde tillbaka. Efter en kort stund sov hennes mamma av den ansträngande promenaden. Helena stannade tills mamman somnat i sin säng och verkade lugn. Hon var förstås inte medveten om all uppståndelse.

När hon kom tillbaka var hon helt utmattad. Mannen satt fortfarande utanför stugan och hunden låg vid hans fötter. Det stack till i Helena, det borde vara Martin som satt där med sin hund!

Abbot sprang glädjestrålande fram till henne och viftade på svansen. Hon förklarade situationen för mannen, som hällde upp ett glas vin till henne. Hon tog det sista av salladen och njöt av det röda vinet. Hon behövde det nu.

" Tror du inte det blir ensamt här ute i skogen i fyra veckor"? Helena var stärkt av vinet och vågade fråga. Han funderade en stund innan han svarade. Det skäggprydda ansiktet sken upp i ett leende.

" Jag är nog ganska introvert", sa han.

" Jaha"? sa Helena utan att veta vad ordet betydde. Hon kände sig dum för en stund, men efter att han förklarat förstod hon.

" Jag träffar så många människor i vanliga fall på jobbet, så jag tycker faktiskt om att dra mig undan ibland och njuta av lugnet, då trivs jag med det."

" Jaha", sa hon igen och tyckte det lät dumt.

" Jag är kanske din motsats, för just nu tycker jag det är skönt att träffa andra människor. Som nybliven änka är livet ganska ensamt."

" Vi är alla olika, du tillhör i så fall två tredjedelar av befolkningen, de som är mer utåtriktade. Vi blir antagligen präglade av livet skulle jag tro, utan att riktigt veta."

De skrattade åt sina filosofiska funderingar och gick var och en till sitt. Vinflaskan var urdrucken, tröttheten kom över henne.

" Tack för ikväll", sa Helena och drog iväg med Abbot.

Åskan mullrade långt borta.

26

November tre år tidigare

Sonen till den mördade Morten Munch Pedersen kallades in till förhör. Kommissarie Banch och hans assistent Karin Leikoff betonade att han inte var misstänkt för mordet på sin far, men av ren rutin måste de fråga om hans förehavande den aktuella dagen.

Just den dagen hade de ett stort projekt som skulle avslutas och flera på firman arbetade mer än vanligt den veckan. De var fyra medarbetare som arbetade över den dagen, så Benny hade ett fullt giltigt alibi, kunde polisen konstatera. Inga spår fanns av den eller de som slagit ihjäl Morten, inget mordvapen, inga vittnen. Slaget kunde mycket väl orsakat en hjärtattack, eftersom skadan i sig inte var direkt dödande, fastslog man vid undersökningen.

Polisen hade berättat att de såg ett visst samband med några båtstölder i området under hösten och att ett vittne trätt fram och pekat ut Olle Fredlund. Några dagar efter mordet på Morten hade Olle med stor sannolikhet omkommit i en båtolycka och ytterligare några dagar senare haft inbrott i sitt hus. Brodern hade kunnat konstatera att inget var stulet, vilket förbryllade utredarna. På något vis hängde troligtvis allt ihop, ansåg kommissarie Banch, men varför Bennys far hade blivit dödad var ett mysterium. Morten hade vid ett tillfälle tipsat om att han sett Olle vid en av de aktuella båtstölderna. Eftersom han hade alibi, kunde man inte bevisa hans skuld. Mordet på Morten kunde vara ett rån som gått snett, eller så hade mördarna tagit fel på person. En tredje teori var att, om det var Olle som verkligen var båttjuven, så kunde det vara han som slagit ihjäl Morten som hämnd för att han tjallade för polisen. Det var känt att Morten tyckte om att vara nere vid ån, där han hade sin lilla båt.

När sonen städade ut i sin fars hus för att sälja det, hittade han några tidningsurklipp om båtstölder under september månad. Han anade vad som hänt och bestämde sig då för att hitta sin fars mördare.

27

Hon hade svårt att somna, trots att hon egentligen var trött. Men det var varmt i rummet och hon öppnade för ovanlighetens skull ett fönster. När Martin levde sov de alltid med öppet fönster, men nu när hon blivit ensam, var hon mer rädd av sig. Helena undrade för sig själv om hon babblat för mycket under kvällen hos mannen i stugan. Det var inte meningen att söka medlidande när hon sagt det där om änka och ensamhet. Hon måste lära sig att tänka först.

Jag är nog introvert, hade han sagt.

Men vad skulle han göra där i stugan en hel månad, hon måste fråga vid något tillfälle. Fast egentligen var det hans ensak. Fortfarande visste hon inte hans namn, det blev inte tillfälle tyckte hon. Efter utryckningen att söka efter sin mamma hade hon glömt alla frågor.

Åskvädret drog in vid ettiden på natten och regnet öste ner. Hon stängde fönstret igen och lyssnade på ovädret. Efter någon timme var det över och hon somnade till sist.

Följande dag var egentligen som ett öde landskap. Hon skulle inte behöva göra så mycket de två sista dagarna av semestern. Men efter frukost städade hon, tvättade lakan som var svettiga efter natten, hade radion på hög volym, åt en pizza hon hade i frysen, till lunch, tog ett glas vin, tänkte på sin demenssjuka mamma. Sen hatade hon sig själv för alla dystra tankar. Känslan av ensamhet fanns kvar som en tyngd. Som om alla flyttat ut och lämnat henne bakom sig.

Det var alltför lätt att ta till vinflaskan, men hon skulle försöka dra ner på vinkonsumtionen. Inte dricka varje dag, intalade hon sig. Även om det funkar för fransmännen, så blev det för ofta tidvis, ansåg hennes bättre jag.

När hon bestämt sig för sitt nya liv funderade hon över vad hon skulle göra med pengarna. Hon borde kanske hyra ett bankfack och förvara dem där så länge, tills hon bestämt sig. Att gå till polisen och lämna dem hade hon redan ute-slutit. Helena var klar över att Martins bror var inblandad i båtstölderna och detta var hans del av försäljningen. Men vem var "B"? Väntade han på ett tillfälle att komma och hämta Olles andel? Hon kände en tyngd och fick en känsla av obehag. Ett mord hade begåtts i samband med båtstölderna och Olle hade omkommit eller försvunnit.

Helena tog fram några gamla fotoalbum som Martin hade i en hylla. På senare år satte de aldrig in foton i album, utan hade allt i datorn. Hon fastnade för ett foto som var femton år gammalt. Två män och en pojke satt i en båt och fiskade. Hon såg direkt att en av dem var Martin. Under fotot stod det:

Fisketur på Västersjön med Martin Olle och Ludvig.

Vem som tagit fotot visste hon inte, kanske det var Martins fru, eller någon kompis till en av bröderna. Hon bläddrade vidare i albumen. Olle såg ut att vara fem år yngre än

Martin. Men vem var pojken? Hon tog fram kartongen med sedlarna och tog upp tidningsurklippen, för att läsa dem igen. Hon hörde en knackning på dörren och blev vettskrämd.

"Antagligen är det mannen i stugan som vill något", tänkte hon och stängde kartongen.

Men det var inte han, utan Lars. Han stod och lutade sig mot väggen, som för att stötta upp den.

" Hej, hur går det med din utrensning"? undrade han och sneglade in i rummet. Hon ställde sig i vägen för hans blickar och tänkte inte släppa in honom.

" Har du hittat något av värde? Ja, som du kan sälja alltså?"

" Nej", svarade hon tvärt, "det är mest fiskeböcker och gamla album."

" Jag tänkte fråga om du behöver hjälp med något?"

" Tack, men i så fall hör jag av mig. Men förresten," sa hon medan hon stängde dörren bakom sig, "vad tror du jag kan få för min gamla bil?"

De gick mot hennes Toyota som stod på gården och hon kunde se hans missräkning över att inte få komma in i huset. Han tittade på bilen som en kritisk hästhandlare.

" Hur långt har den gått, årsmodell?"

" Den har gått snart femton tusen mil och är tolv år gammal."

Vid skärmarna upptäckte han rostangrepp, som snart skulle bli värre menade han, med en experts självsäkerhet.

" Har du bytt avgasröret nyligen?"

Det hade hon inte och hon skulle nog behöva göra en service på bilen omgående.

" Om du tvättar den ut och invändigt och gör en service, så kanske du kan få tjugo för den".

" Okey, det låter ju skapligt".

Hon tackade honom för utlåtandet och fick det att låta som om hon dragit en vinstlott, som frågat just honom. Han sträckte på sig och började gå hemåt, samtidigt som han sneglade mot den lilla stugan.

" Förresten, hade Olle någon son?" slängde hon ur sig.

Han stannade upp i steget och vände sig mot henne.

" Ja, han hade en son, Ludvig, varför det"?

" Jag såg ett foto, så jag undrade, jag har ju inte träffat Olle eller hans son heller för den delen. Vet du var han bor"?

" Ingen aning", sa han och gick vidare. Samtalet var över.

Helena passade på att ge hönsen mat och Abbot fick springa av sig runt huset. Han hade visat sitt ogillande över hennes framfart med dammsugare och tvättmaskin och var glad för att komma ut. Hennes hyresgäst kom ut och efter prat om åskvädret under natten, upplyste hon honom om att det fanns en båt och fiskespö, som han kunde utnyttja om han ville.

" Den ligger vid Västersjön, där det finns både abborre och gädda."

" Tack, det var snällt, vi får se längre fram. Jag är väl inte så van vid båtar. Visserligen var jag ute någon gång med min far och fiskade minns jag. Han hade en båt, men den sålde jag när han dog för några år sen."

Helena visste inte vad hon skulle svara, men beklagade sorgen. Hon berättade på hans fråga, att hennes mamma tycktes ha återhämtat sig efter sin långa promenad.

Hon fixade en sallad på tonfisk och ägg och tog fram en flaska vitt vin. Hon upptäckte att det var sista flaskan hon hade hemma, det blev en bra signal för henne att dra ner på konsumtionen. Semestern var slut, på måndag var det arbetsdag igen. Det skulle bli skönt att komma igång och dessutom träffa arbetskamraterna igen. Hon hade nog gått upp något kilo under veckan, det var dags att återgå till ett bättre liv.

Vid andra glaset drog tankarna iväg till kartongen med pengarna. Hon var nu helt övertygad om att Olle var delaktig i båtstölderna och att pengarna var hans. Martin hade antytt med en anteckning att Olle haft en kumpan med namn som började på "B". Ett vittne hade dödats, kanske av de båda båttjuvarna för att han golat och kort därefter hade Olle antagligen drunknat. Det var en riktig härva av konstigheter, som även polisen stod frågande till och inte kunnat lösa på fyra år.

Hon googlade på Ludvig Fredlund och såg att han bodde på Granvägen i Mellbystrand. Hon hittade notisen om inbrottet i Olles hus kort efter hans död. Det var just på Granvägen! Det skulle betyda att Ludvig ärvt huset och flyttat dit, med en sambo, Louise.

Vet han något om pengarna?

Helena funderade på att ta kontakt med honom, men besinnade sig och beslöt sig för att avvakta en tid. Hon kom på att hon fortfarande inte visste vad mannen i stugan hette. Var det Ronny, eller Conny? Nästa gång de möttes skulle hon fråga honom.

Hon fick plötsligt en känsla av obehag. Efter upptäckten av alla pengarna i kartongen kände hon sig otrygg och nästan iakttagen av någon därute. Vem ville åt pengarna? Vem kunde hon lita på? Hemligheten gjorde henne till fånge i sitt eget hem. Var det så att hon bara inbillade sig, eller fanns det en annalkande fara? Lätt berusad vilade hon sig i soffan och om inte Abbot propsat på att gå ut, hade hon lätt somnat.

28

Efter ett fängelsestraff för bilstöld, var han på banan igen. Jobbet hade han blivit av med och det var inte lätt för honom att få ett nytt. Han hade fått några tillfälliga jobb, men nu var det kärvt, han fick stämpla under tiden. Det retade honom, han var ur humör för det mesta. Ekonomin var ansträngd, han låg efter med hyran och framtiden såg allt annat än ljus ut. Hans särbo hade hela tiden stått vid hans sida, vilket han var glad för.

Det senaste halvåret hade han hört sig för om de där båtstölderna och pengarna som borde finnas någonstans, även om en del var förbrukade. Han hade helt enkelt tagit reda på vem Olle Fredlunds kumpan var. Helt säker var han inte, men ryktet gick. Olles bror hade sagt att inget var stulet vid inbrottet i huset den gången. Det kunde innebära att antingen visste Martin inte om pengarna och att kumpanen varit i huset före honom och lagt beslag på dem den där natten, eller så hade Martin själv pengarna i tryggt förvar. Men nu hade ju Martin gått bort och änkan bodde kvar i deras gemensamma hus.

Han visste nu hur han skulle gå till väga.

29

Måndagen kom med sol och klar frisk luft, efter helgens utrensning med åska. Helena var igång på jobbet igen. Det hade varit en lugn, men på samma gång jobbig och orolig vecka. Det var mycket att ta tag i nu efter Martins död, som ställde allt på sin spets. Hon hade inte någon kontakt med hans syster i Härnösand, så hon fick dra lasset själv. Enligt banken skulle boutredningen vara klar och hon kunde hämta den när hon kände för det.

Huset med allt bohag skulle rättmätigt tillfalla henne, hade de sagt. I ett testamente hade Martin skrivit bilen på henne, liksom en liten pensionsförsäkring, vilken skulle ge henne ett tillskott på tre tusen kronor i månaden de närmaste femton åren. Hon var nöjd. Nu kunde hon sälja sin egen bil och använda den betydligt bättre Audin.

På hemvägen från jobbet svängde hon in på banken och hämtade utredningen. Innan hon läste den i lugn och ro skulle hon som vanligt ta ut Abbot på skogsrundan. Han var alltid så ivrig, nästan sex timmar i ensamhet blev något för länge, kände hon. Hon såg bort mot stugan och uppfattade att mannen just körde iväg med sin bil. Helena fick en impuls att gå in i stugan och se om hon kunde hitta något som berättade vad han hette. Hon hade ju en extranyckel. Utan att riktigt tänka med sunt förnuft, stod hon utanför stugan och satte nyckeln i låset. Hon räknade med att han skulle vara borta en stund, kanske skulle han handla mat i Hjärnarp eller Örkelljunga. Hon stod först helt stilla och gjorde en svepande blick över rummet. På soffbordet låg hans plånbok och hon öppnade den försiktigt. Några kreditkort fanns där och i ett fack låg hans körkort.

Hon lirkade ut det och såg på det just som hon hörde motorljud utifrån. Genom ett fönster såg hon hans vinröda bil komma i full fart. Paniken kom över henne. Hon skulle inte hinna ut, dörren fanns på framsidan och om en halv minut skulle han storma in. Instinktivt gömde hon sig i det minimala duschrummet, ovetande om hur hon skulle förklara sitt intrång. Även om hon ägde stugan, så gjorde hon faktiskt sig skyldig till egenmäktigt förfarande. Hennes hjärta bultade, så det måste höras lång väg, tänkte hon. Hon vågade knappt andas, när dörren öppnades och han tydligen stod i rummet intill. Det hördes inte ett ljud på en lång stund. Helena förväntade sig att dörren till duschen skulle slitas upp och hon skulle bli ertappad.

Efter någon minut, som i verkligheten kunde vara mycket längre hörde hon dörren stängas och låsas utifrån. Bilen körde iväg, men hon vågade sig inte ut på nästan tio minuter, när hon var säker på att han lämnat stugan. Plånboken var borta! Han hade säkert glömt den och kom på det på väg till affären. Hon pustade ut och lämnade den farliga platsen. Hon skämdes, som om hon ertappats med handen i kakburken. Hon blev inte upptäckt, men en tanke slog henne plötsligt: Hon hade nog inte låst dörren efter sig när hon gick in i stugan! Han måste ha undrat.

Skamsen över sitt tilltag drog hon iväg med hunden på en skogspromenad, i hopp om att han hade kommit tillbaka när hon återvände. Som ett slags alibi, tänkte hon

Alibi, man måste ha ett alibi för att gå fri.

Hon funderade på namnet på körkortet och fick det inte att stämma. Berndt Pettersson stod det. Hade han inte presenterat sig som något som slutade på bokstaven Y?

Conny, Kenny, Ronny, hon kom inte ihåg. Berndt! Bokstaven B! Kunde det vara han som varit Olles kompanjon? Det verkade långsökt, men ju mer hon tänkte på det skulle det kunna vara möjligt. Började hon bli knäpp av att fixera sig vid just den bokstaven? Hade den överhuvudtaget någon betydelse? Hur hon än funderade kom hon inte fram till något konkret. Hon måste börja med att ta reda på så mycket som möjligt om mannen i hennes stuga.

Helena skickade ett sms till Christina, vågade inte ringa mitt på dagen. Hon hade ännu inte fått svar på om det ordnat sig med lägenhet, eller om det rent av blivit bra igen med Steven.

30

När han kommit två kilometer från stugan upptäckte han att plånboken saknades. Det var bara att vända tillbaka, utan den kunde han inte få handla några matvaror. Han mindes att han en gång varit med om en pinsam situation, där han stod i en kassa och inte hade kreditkortet med sig. Den gången fick han lämna tillbaka varorna och åka hem igen. Det ville han inte uppleva igen.

När han satte nyckeln i låset, förstod han genast att dörren var olåst. Hade han verkligen glömt att låsa? Kanske hade han haft för bråttom iväg, eftersom han glömt plånboken också. När han kom in i stugan stannade han upp en stund. Benny tyckte sig förnimma en främmande doft, som om någon varit därinne nyligen. Men när han såg sin plånbok på bordet slog han tankarna ifrån sig och åkte därifrån.

Kunde det vara Helena som gjort ett besök, eller var det bara inbillning. Hon hade ju all rätt, det var hennes stuga, men borde säga till i så fall. Det skulle inte vara likt henne, han hade bara positiva tankar om henne. Det kunde inte vara lätt att som nybliven änka bo därute på landet, med ett fåtal grannar omkring sig. Dessutom hade hon sin sjuka mamma. Det fanns kanske möjlighet att hjälpa henne på något sätt, nu när han var där. Han hade tid över för annat än det han var där för.

31

Helena såg honom sitta utanför stugan med sin laptop. Hon gick dit till honom och undrade om hon kunde slå sig ner en stund. Han log ett brett leende som vanligt och genast avfärdade hon alla tankar på att han skulle vara en simpel tjuv, som hade stulit båtar och sålt dem.

Men i de djupaste vatten...

Hon hade tänkt igenom vad hon skulle fråga och hur hon skulle framställa den, utan att verka vimsig eller korkad, men nu hade hon glömt sin strategi.

" Vad heter du förresten, du presenterade dig när du tittade på stugan första gången, men jag har glömt ditt namn."

" Benny", sa Benny.

" Benny?", sa Helena och gjorde en paus för att han skulle förklara sig.

" Jag heter egentligen Berndt, men mina föräldrar kallade mig alltid för Benny, så därför använder jag det namnet."

Helena kände sig dum, men hade nu fått klarhet i vem han var. Hon kunde ju googla på honom senare och få alla fakta om honom. Men han förekom henne.

" Min far var dansk, flyttade hit något år innan jag föddes, till trakterna av Laholm, där han träffade min mor. Han hette Pedersen i efternamn, men jag tog mig ett namn som var mer svenskt, Pettersson, när jag flyttade hemifrån."

Helena accepterade hans förklaring, men kände ett sting av oro trots allt. Det gällde att vara på sin vakt och inte lita på någon hädanefter.

Efter middagen på kvällen gick hon igenom boutredningen hon hämtat ut. Hon stålsatte sig att inte dricka något vin och kände att det var dags för en vit vecka. Snart skulle det bli kräftskiva hemma hos Jenny och Pelle, då skulle det nog drickas både öl och snapsar, så lite återhållsamhet måste hon klara. Hon måste stålsätta sig, att inte ta till vinflaskan som sällskap i ensamheten.

Huset och bilen var nu hennes, det kändes skönt. Bohaget skulle hon också få behålla, vilket hon hade räknat med. En livförsäkring skulle enligt ett testamente fördelas lika mellan Martins syster, Kerstin och hans brorson Ludvig Fredlund. Ett litet fondkonto på fyrtio tusen kronor skulle Helena ärva, tillsammans med medlen på lönekontot. I övrigt fanns det inga oklarheter kring boutredningen, som skulle träda i kraft omgående.

Hon funderade på hur Martin tänkt om livförsäkringen. Först blev hon besviken över att han inte tänkt på hennes situation efter hans död, men förstod snart att han menat väl. Han hade ju inte planerat att gå bort så här tidigt i livet och pengarna i kartongen skulle antagligen vara deras gemensamma pensiontrygghet. Samtidigt förstod hon att hon var den rätta att överta pengarna om han skulle gå bort. Han hade förstås inte hunnit berätta det för henne, döden

90

hade kommit på besök och ställt till det för alla. Helena såg ingen annan förklaring till hans handlingar, men kunde acceptera den rådande situationen, och var glad för brorsonens skull. Han skulle nu få en rättmätig del av livförsäkringen, för att få det bättre i det omoderna huset.

Samtidigt var hon ägare till en liten förmögenhet. Även om det var en stor börda för henne, det rörde sig faktiskt om oärligt intjänade pengar, så insåg hon att det inte var möjligt att lämna bort dem. Båtägarna hade givetvis fått ersättning från sina försäkringsbolag, så skadan var egentligen inte så stor, ansåg hon. Ingen vet något. Om ingen vet, är det som om ingenting har hänt. Eller? Helena var inte helt säker på att resonemanget var korrekt.

32

London är världens största finanscentrum, där banker, storbolag och andra aktörer gör affärer inom ett nätverk av stor kompetens. Christina hade arbetat i denna smältdegel av finansiella bolag några år och trivdes med arbetet.

Men tiderna förändrades när Storbritannien röstade för att gå ur EU och Brexit skulle bli ett faktum. Nästa vår skulle enligt planerna utträdet ske och förhandlingar på många plan hade skett oavbrutet. Det var viktigt med ett avtal med EU, i annat fall skulle det skapa kaos på marknaden, när tiotusentals kontrakt skulle bli ogiltiga och måste skrivas om. En stor instabilitet skulle enligt alla experter uppstå, handelshinder kunde inte uteslutas med mindre utländska investeringar som följd.

Även om hon snart arbetat där i fem år, märkte hon en attityd mot utlänningar, ett hårdare klimat hade uppstått för bland annat svenskar i deras anställningar. Ibland tog det sig uttryck i rena uppmaningar att åka hem och inte ta deras jobb i Storbritannien. Man kunde inte tvinga någon efter fem år i landet, men arbetsklimatet försämrades och man visste snart inte vem man kunde anförtro sig åt.

Christina övervägde därför att söka sig nya vägar. Hennes förhållande med Steven hade tagit slut, lägenheten hon delade med en kompis var liten och trång. Hon kunde inte ha ett eget socialt liv med att leva så där. Det var hon som var inneboende och kunde därför inte ställa några som helst krav på att ta hem vänner, som inte var gemensamma. Dessutom hade de olika tidsrytmer,

Christina var van vid att stiga upp tidigt på morgonen, för att äta frukost i lugn och ro och förbereda sig för dagens arbete. Oftast släckte hon sänglampan vid elvatiden på kvällen. Allis däremot var kvällsmänniska och kunde äta chips till sena filmer på TV, till klockan ett på natten, för att rusa iväg i sista stund till jobbet morgonen efter, med kaffemugg i handen. Det var inte hållbart i längden och hitta en egen lägenhet var svårt, för att inte säga omöjligt. Det krävdes en stor kontantinsats för en liten etta, pengar som hon inte hade, även om fondkontot hade växt senaste året. Hon hade lärt sig att investera.

Hennes far hade flyttat till Bryssel med sin nya kvinna och han ville gärna att Christina också kom dit. Men hon ville inte vara beroende av honom och allra helst inte träffa den tråkiga fransyskan, med sitt löjliga engelska uttal. Hon skulle stå på egna ben och visa att hon klarade av det.

Lördagen bjöd på bra väder och hon bestämde sig för en lunchtur med båten från Tower Bridge, som trafikerade på Themsen. Fast hon varit i London flera år, hade det aldrig blivit av att hon gjort denna tur, som varade nästan två timmar. En av hennes vänner, Caitlin, var med och de njöt av utsikten, alla sevärdheterna som de gled förbi och den utsökta tvårätters lunchen, med kaffe efteråt. Hon hade inte kunnat inrätta sig i ledet med att dricka the, som alla engelsmän tycktes göra. Det skulle vara kaffe för hennes del. Svart kaffe. Caitlin var från Irland var konservativ. De arbetade på samma företag, ett stort finansbolag, med förgreningar i många länder. Båda kände en ovisshet med sina anställningar, en osäkerhet som hade eskalerat den senaste tiden, ju närmre Storbritanniens utträde ur EU man kom. Men under den sköna båtfärden pratade de inte alls om framtiden, de ville njuta av stunden och leva i nuet.

33

Arbetet gick som en dans i köket på vårdhemmet. Nu när hon fått klara besked om vad som skulle tillfalla henne, gick det lättare att planera för framtiden. Dagens köttbullar var serverade och hon hjälpte sin mamma med maten. Gulli tycktes vara på gott humör, kanske beroende på att medicineringen hade ändrats något. Förhoppningsvis skulle det inte inträffa fler tråkiga incidenter med slagsmål eller annat.

När Helena på eftermiddagen passerade Lars hus, kom han fram till vägen för att prata. Det var något med honom som gjorde henne besvärad, men kunde inte sätta fingret på vad det var. Det måste finnas en anledning till att inte Martin och Lars varit så såta vänner de senaste åren.

" Hur går det med din hyresgäst?"

" Ja, det går bra, han håller sig på sin kant och jag på min."

" Jaha du, men vad gör han hela dagarna?"

" Inte vet jag, jag vill inte forska i vad han gör."

Helena ville gå vidare med hunden och inte fortsätta med meningslöst prat, men kom på en fråga hon hade till Lars.

" Vi pratade om Olle och hans son, Ludvig. Kände du Olle"?

" Jag vet inte vad du rotar i, han dog ju för fyra år sen. Men ja, jag kände honom, vi var arbetskamrater några år. Varför undrar du om honom"?

" Jag har förstått genom tidningsartiklar från den tiden, att han var inblandad i skumma affärer med båtar som försvann."

" Han hade mycket för sig på den tiden, drack för mycket, använde droger och som du sa hade lite fuffens för sig."

" Det var ju mer än lite fuffens tycker jag, båtstölder som antagligen gav stora pengar." Hon ångrade nästan att hon var så rakt på sak, men kunde inte sluta.

" Han hade visst en kompanjon också, kände du till det"?

Hon kunde för ett ögonblick se Lars bli avvaktande och svaret dröjde något för länge.

" Jo, jag hörde också talas om det."

" Kunde det vara någon på jobbet, eller en kompis, någon med ett namn som börjar på B"?

" Nu börjar det likna ett polisförhör," skämtade han. "Det vet jag inget om".

De tittade på varandra och Helena förstod att ämnet var uttömt för stunden. Hon slätade över sitt påflugna sätt med frågor och berömde honom för hans målningsarbete av huset. Lars sträckte på sig, glad över berömmet, men kanske också för att inte behöva förklara, märkte hon.

" Förresten, jag har satt in annons på bilen nu, hoppas jag får ut vad du trodde. Jag la till en liten prutmån på två tusen i annonsen."

Helena drog vidare med Abbot och kände i nacken att han stod kvar en stund och tittade efter dem. Solen värmde skönt, augusti månad var snart slut och hösten skulle ta vid. Det var den bästa tiden på året tyckte hon, hade alltid gillat hösten med sina fina färger på trädens blad och den klara friska luften, fylld av en mognad från sommarens bär och växtlighet.

Hon ringde sin vän Kajsa och berättade att hon nu var husägare och hade en bättre bil att köra med. Hon bjöd hem Kajsa på en fika kommande lördag. Hon behövde någon att prata med och Kajsa var hennes bästa vän. De hade känt varandra länge och trivdes tillsammans.

" Tack, då får jag kanske träffa din hyresgäst, är han snygg"?

" Sluta med dig din tok, han är nog inte intresserad. Men ja, han är ganska snygg, Benny heter han."

" Passar mig bra, jag kommer".

34

Benny förstod att kylskåpet var sönder, när han skulle ta fram filen till morgonens frukost. Det hade nog nyligen lagt av, för fortfarande kunde han använda de få saker han hade i skåpet. I frysfacket började kycklingfiléerna tina, så det var bäst att tillaga dem till kvällen. Han ville inte oroa Helena, som var på jobbet, även om han hade hennes mobilnummer, han skulle vänta med det tråkiga beskedet tills hon kom hem.

Förmiddagen tillbringade han med att besöka de trakter som författaren Frans G Bengtsson levde en del av sitt liv i och skrev böckerna *Röde Orm*, som utkom i två delar i mitten av nittiotalet. Även om han själv höll på med att skriva en bok, var inte några likheter möjliga. Han var en amatör, som skulle försöka publicera sin första bok. Men det var inte huvudorsaken till hans utflykt i området.

Allt sen hans far dödades och polisen gått bet på att gripa mördaren, hade han vigt mycket av sin lediga tid till att själv göra efterforskningar. Stugan som blev ledig att hyra passade hans syften väl och han tvekade aldrig. Nu var han ganska nära sanningen och funderade på hur han skulle hantera den. Samtidigt kopplade han av med skrivandet.

35

När hon svängde in på gårdsplanen, såg hon att Benny kom mot henne. Hon hade inte lust att prata, det hade varit extra stökigt på jobbet och det hon behövde just nu var lugn och ro och en kopp kaffe innan skogsrundan med Abbot.

Han hade inte kopplat på det vanliga leendet och hon blev först rädd att han kommit på att hon varit inne i stugan och tänkte konfrontera henne. Hon var inte på humör för det.

" Hej, jag har lite tråkiga nyheter."

Det var just det som hon inte behövde just nu, men kunde ändå inte avspisa honom innan hon fick en förklaring.

" Kylskåpet har pajat i stugan!"

" Oj då", var allt hon kunde komma på att säga.

" Jag har kollat på Blocket, det finns ett nästan nytt i Klippan, för bara 1400 kr. Om du vill, så kan jag fixa det i morgon till dig, jag skall ändå en sväng till min lägenhet i Helsingborg."

Helena såg hans förväntan att hjälpa till och log, fast hon egentligen inte orkade.

" Det var snällt av dig, verkligen snällt, men då vill jag bjuda på kaffe med nybakat om en stund, om du vill förstås

" Tack, jag kommer, det ska bli trevligt."

Helena skyndade sig in, bryggde kaffe och tog fram bullar ur frysen. Hon var glad att hon orkat baka en omgång av sina specialbullar under gårdagen. I första hand för att bjuda Kajsa på om någon dag, men nu kom de väl till pass.

Värmen höll i sig och hon dukade ute under äppelträdet, som snart skulle kalla på hennes uppmärksamhet. Äpplena var snart mogna att plockas och skulle läggas svalt för att tas fram under hösten och julen. Ingrid Marie var den bästa sort hon visste och i år hade trädet gett ovanligt mycket frukt.

Samtalet med Benny flöt bra, men hon var en aning försiktig med sina frågor till en början. Hon visste fortfarande inte så mycket om honom, bara att han arbetade på en reklamfirma i Helsingborg. Att hans namn började på B och att han hyrt stugan av henne just nu, behövde klart inte betyda något, men bäst att vara lite reserverad, tänkte hon.

" Du verkar lite nerstämd, är det något som trycker dig"?

Helena ryckte till. Hade han frågat något, som det var tänkt att hon skulle svara på? Hon var inte säker.

" Förlåt, jag satt nog i tankar. Det har varit körigt idag och så är det mamma, som du vet."

Benny förstod och ville inte pressa henne, så de satt tysta en stund. Helena bröt tystnaden när den blev för pinsam.

" Är din vistelse här vad du tänkt dig än så länge"?

100

" Ja, det tycker jag, det är tyst och lugnt här, så att man kan samla tankarna. Jag samlar intryck och impulser till en bok så småningom."

" Ser man på, en blivande författare"?

" Nja, vi får väl se, jag har inte så stora förväntningar, men det är viktigt för mig."

" Vad ska boken handla om"?

" Jag vill inte avslöja något, men den bygger på verkliga händelser, som jag och några till vet om."

Helena tyckte att det lät kryptiskt, men ville inte fråga mer.

" Säg till när den är klar, så jag kan läsa den."

Hon lämnade honom pengar till kylskåpet och hyran av ett släp och lovade att hjälpa honom att baxa ut det gamla, för att lämna in på någon station för avfall. Han tackade för fikan och körde iväg för att hämta ett släp.

Helena hämtade Abbot för en promenad och tänkte på vad han sagt om en bok. Hon hade ibland sett honom sitta under parasollen med sin laptop långa stunder.

...det är viktigt för mig. ...som jag och några till vet om.

Vad menade han egentligen. Allting verkade mystiskt och hemligt, eller hade det en naturlig förklaring? Var det bara så att han inte ville berätta vad han har gått igenom. Men hon var för stunden inte rädd för att han skulle utgöra någon fara för henne. Han verkade ju trevlig och hjälpsam. Hon måste fråga vad som var så viktigt för honom.

36

När hon kom från jobbet nästa dag, var Benny fortfarande
iväg för att hämta kylskåpet och utföra andra ärenden. Hon
släppte ut hunden och satte sig själv med en kopp kaffe i
den sköna sensommarsolen. Helena dåsade till i värmen
och ryckte till när hon hörde någon ropa. När hon vaknat
till, såg hon Lars stå utanför tomten, med ett brett flin i
ansiktet. Hon suckade ljudlöst, men ville inte vara otrevlig
mot honom, även om hon inte ville ha besök just nu. Men
hon hade fler frågor, som hon gått och funderat på, så hon
tog vara på tillfället.

" Hej, det finns nog kaffe om du vill ha."

Lars tackade ja, han var aldrig den som försummade en
chans till en pratstund.

Efter det vanliga pratet om vädret, gick hon rakt på sak.

" Jag har tittat i gamla fotoalbum, som Martin samlat på,
de är säkert tio år gamla. Där hittade jag några bilder på
Martin, Olle och dig. Ni var tydligen tillsammans på den
tiden, men vad hände"?

Lars blev överrumplad märkte hon, men fann sig snabbt.

" Martin tyckte antagligen inte att jag var rätt sällskap för
Olle helt plötsligt. Vi festade en del, Martin också, men

sen påstod han att jag hade dåligt inflytande på Olle. Vi blev förstås ovänner och bröt kontakten."

" På vad sätt…"

" Jag gillar inte att du rotar i gammal skit, det var Martin som bröt vänskapen, nu är han borta, liksom Olle."

Helena visste varken ut eller in och blev ställd av hans bryska sätt att avsluta samtalet. De satt tysta, medan båda funderade på hur fortsättningen skulle bli. Helena ville inte bli ovän med Lars och tänkte inte fråga något mer just då. Hon berättade istället att hon hade fått några svar på annonsen om bilen och tänkte ta kontakt med dem senare.

Lars muttrade något till svar, tydligt irriterad över hennes närgångna frågor. Hon bad om ursäkt och tillade att hon bara försökte få en förklaring på vad som hänt, eftersom Martin aldrig berättat något. När det så dök upp något personligt som tillhört Olle, ville hon få klarhet.

Nu blev det plötsligt Lars som blev intresserad och såg på henne med allvarlig blick, även om han försökte sig på ett snett leende.

" Vad har du hittat som var Olles"?

" Vi skulle ju inte rota i gammal skit, eller hur"?

De skrattade, men nu var det Lars tur att se frågande på henne. De avbröts av att Helenas mobil ringde. Det var Benny, som ville fråga om det var ok att han köpte kylskåpet, fast det var en liten repa på dörren.

103

37

Helena skulle just gå in på Systembolaget, när hon fick syn på Peter, som med raska steg också närmade sig. Hon inväntade honom. Han sken upp i ett leende när han såg henne stå och vänta.

" Hej igen, ska du också handla hem," sa hon.

" Ja, vi har bjudit hem några vänner på kräftskiva, så det blir lite starkvaror att skölja ner med," skrattade han.

" Jaha, själv ska jag på en nästa vecka."

Hon var glad att visa att hon minsann inte satt hemma och tittade på väggarna, utan hade vänner att umgås med.

" Har du tid med en fika," sa Helena och pekade bort mot Nya Conditoriet, som låg i närheten. Hon mindes deras trevliga pratstund förra gången, när de av en händelse möttes på vårdhemmet hos sina respektive mammor och efteråt fikade tillsammans.

" Tyvärr, jag hinner inte, jag har varit och hämtat några saker som är min mammas. Hon har hamnat på Halmstad sjukhus, där jag jobbar. Det är hjärtat."

Helena beklagade och såg att Peter var trött och sliten. De skiljdes åt och plockade ihop sina varor. Hon köpte några flaskor av vardera sorten, rött och vitt. Av en impuls tog hon också en flaska rosévin. Hon ville inte köpa boxvin, även om det var mer ekonomiskt, risken var stor att hon inte kunde kontrollera hur mycket hon konsumerade. Högst en halv flaska var hennes absoluta gräns, som inte fick överskridas. Eller borde inte.

På kvällen gjorde hon sig en lasagne, lade upp en fjärdedel tillsammans med sallad och paketerade resten i portioner för att frysas in. Abbot låg vid hennes fötter, trött efter den vanliga eftermiddagsrundan, då han jagat några kaniner utan någon större framgång.

Helena sneglade bort mot stugan och såg att Bennys bil stod utanför. Han var antagligen hemma. Hon fick en idé om att bjuda in honom på mat, hon hade ju så det räckte. Men hon slog bort den tanken igen. Visst var han trevlig, men det fick inte bli någon vana att umgås med sin hyresgäst. Hon hade bjudit honom på kaffe, så det fick räcka för stunden. Hon måste också vara på sin vakt, innan hon visste mer om honom. Fortfarande grubblade hon på hans namn. Benny.

O och B?

Det måste finnas många, vars namn börjar på den bokstaven och Olles kompanjon kan säkert inte vara den som har bestämt sig för att hyra hennes stuga, intalade hon sig. Hon fick inte bli fixerad och överreagera, men skulle ändå vara försiktig.

Lasagnen smakade bra, vinet var gott och hon hade redan druckit två glas. Dags att sluta medan hjärnan var klar. Hon gav hönsen mat innan hon slötittade på teven. Men ögonen gick inte att hålla öppna. Hon drömde om sedlarna i kartongen, som hon ännu inte räknat. I drömmen låg hon på soffan och såg det blå skenet från teven, ljudet var avstängt. Hon hällde upp mer vin i glaset och tog det med sig till köket, medan hon drack en klunk. Hon letade fram pengarna hon gömt undan och började räkna innehållet. Köksklockans tickande irriterade henne och halvvägs ner i kartongen kom hon av sig och fick börja om. Abbot tittade undrande på henne, märkte hon.

Hon vaknade med ett ryck och satte sig yrvaket upp i soffan. Det var mörkt ute. Hon såg på mobilens display att klockan var två på natten och räknade ut att hon sovit i fyra timmar! Munnen var torr som sandpapper, hon behövde vatten att dricka. Mödosamt reste hon sig upp och gick ut i köket, kranade upp ett glas vatten, medan hon tittade ut i den svarta natten. Helena förde glaset mot munnen och vände sig om. Ett kvävt skrik kom ur henne och hon höll på att tappa vattenglaset.

På bordet stod kartongen med sedlarna utspridda. Vinglaset var urdrucket och allting var precis som i drömmen. Hon var tvungen att sätta sig ner och tänka efter.

Vad är det som händer, håller jag på att bli tokig?

Hon visste att hon drömt om pengar, hällt upp vin och druckit i drömmen, men det här skedde i verkligheten! Hon förstod ingenting. På soffbordet stod vinflaskan, nästan tom. Inte konstigt att hon var törstig. Men hur i all världen hade detta gått till. Jag måste ha gått i sömnen, konstaterade hon, när allting klarnade. Så måste det ha varit. Eller är det något övernaturligt som sker med mig?

Hur som helst måste hon försöka släppa allt som är kopplat till pengarna och lämna in dem i bankfacket, som hon hyrt när hon hämtade ut boutredningen. Hon måste försöka att inte rota i gammal skit, som Lars uttryckte det. Men hon visste med sig att det inte skulle lämna henne ifred. Hon ville ha vetskap.

38

Hon sov utan mardrömmar och utan att gå i sömnen under resten av natten. Vid tiotiden vaknade hon, med lätt baksmälla.

Tänk att man aldrig lär sig

Lördagsmorgonen var frisk och skön, hon hämtade in ägg från hönsen och gjorde sig en omelett. Hon intog frukosten utomhus, för att piggna till, svepte in sig i en filt och kände att den kalla luften gjorde nytta, gav henne behovet av syre till hjärnan. Helena tänkte på natten som gått och var fortfarande skakis. Tänk att detta hände henne, hon som aldrig förr gått i sömnen! Hunden sprang runt på gårdsplanen och kom ibland fram till henne.

" Abbot, tänk om du kunde berätta för mej vad som hände i natt!" Hunden lade huvudet på sned och begrep inte vad hon menade.

Efter en lång promenad var hon någorlunda återhämtad. Helena fortsatte sin rensning bland Martins kläder och skor, samlade allt som skulle slängas i en plastsäck. Det som kunde användas la hon i en hög för att lämnas in på en secondhand butik. Saknaden efter Martin blev inte mindre av att hon gjorde sig av med det som varit hans, men det var tvunget för att orka gå vidare. Underkläder och strumpor var det som först hamnade i säcken, därefter var det dags för skor. I garderoben fann hon gamla skor hon aldrig sett honom använda. Han var tydligen en stor samlare och hade svårt att göra sig av med det, som inte var utslitet. Längst in bland gamla gympadojor fanns även ett par stövlar av äldre modell, inte de som han haft på sig när han gick med Abbot i skogen under regniga dagar.

På eftermiddagen berättade hon allt för Kajsa, som hon bjudit in på kaffefika. Allt utom pengarna. Det var en hemlighet som hon måste ha för sig själv. Hon hade inte längre några samvetsförebråelser för att hon behöll dem, nu när hon fått besked om att en stor livförsäkring hade utbetalats till Ludvig och Martins syster, Kerstin. Förutom henne själv, fanns det bara en som visste om pengarna och som antagligen skulle försöka komma över dem. Vem?

Kajsa var en god lyssnare och försökte sätta sig in i allt som Helena berättade. Hon visade tidningsurklippen med bokstäverna O och B, förklarade överfallet på den äldre mannen, som enligt uppgift varit vittne till en av båt-stölderna, berättade om Olles försvinnande.

" Tänk att du gick i sömnen, har du gjort det förut"?

Helena kunde inte påminna sig något sådant, kanske var hon överspänd och reagerade på detta sätt. Utanför stugan såg de Benny slå sig ner med sin laptop. Kajsa studerade honom noga, som för att betygsätta det hon såg.

" Han ser ju trevlig ut, men var försiktig. Lova att du ringer mej om något strular till sig."

109

39

Pengarna kom som en skänk från ovan. Nu skulle han kunna renovera huset, som han funderat på sen han flyttade in i det för ett år sen, när utlandstjänsten var över. Han hade lämnat Västerås och fått ett jobb i Halmstad som lastbilsmekaniker.

Efter lumpen och några enstaka civila jobb, blev Ludvig uttagen till den svenska utlandsstyrkan i Afghanistan. Efter utbildningen i Stockholm, där han lärde sig allt om bomber och sprängmedel och även om situationen i landet de skulle tjänstgöra i. Sex månader åt gången deltog han i en av de plutoner med fem hundra soldater i Mazar-e Sharif, i norra Afghanistan.

Det var ett mycket oroligt område, med talibaner, kriminella ligor och marijuanaodlingar. Han körde ett stridsfordon och de blev beskjutna ett par gånger, utan att någon blev skadad. Deras postering låg på en höjd och kallades kort och gott för "kullen". Det var som att resa ett hundra år tillbaka i tiden. Staden hade enkla hus av jord och kospillning, barn som inte gick i någon skola, gator av grus, som blev gyttjepölar under regnperioden. Men nu hade han lämnat uppdraget och kunde ibland sakna det.

Ludvig Fredlund var i Afghanistan vid pappans frånfälle och kunde inte komma hem till minnesgudstjänsten. Efter ett år blev han dödförklarad och utredning avslutades.

Martin, som var hans farbror tog hand om allt och såg till att huset stod kvar tills han kom hem. Ett inbrott hade skett vid ett tillfälle, men inget var stulet. Martin hade gett honom nyckeln till huset, vid ett av hans uppehåll i tjänstgöringen, några månader före Martins egen död. Ludvig hade inte kunnat komma till begravningen, eftersom han låg sjuk i en envis influensa. Martins fru hade han inte träffat, eller ens pratat med, men kände att han borde göra det.

Han var förvånad över att Martin inte hade henne med som en förmånstagare till livförsäkringen, men hon hade väl blivit kompenserad på annat sätt. Det var inte hans sak att forska i det.

Livet hade börjat ordna sig för honom, nytt jobb och eget hus, med närhet till havet. Dessutom hade hans flickvän, Louise flyttat in till honom för en månad sen, när hon fick jobb på en restaurang i Laholm. Men Louise behövde en bil. Visserligen gick det bussar in till stan, men det skulle vara mycket enklare med bil och slippa passa tider.

Ludvig Fredlund satte sig vid datorn och sökte på begagnade bilar på Blocket.

40

Fyra svar hade kommit på annonsen om hennes bil som var till försäljning. Helena mejlade till den som svarat först och fick svar ganska omgående. Han var inte längre intresserad, hade redan köpt en annan bil.

Hon förstod att det gällde att vara snabbare med att svara, så hon tog kontakt med nästa, en som hette Jocke. Han och en kompis skulle dyka upp två timmar senare. Hon ringde till Lars och frågade om han hade lust att vara moraliskt stöd för henne, under deras besök. Hon hade läst om bedrägerier och ville vara beredd på det värsta.

Lars kom i god tid, hon förstod att han ville prata.

" Du nämnde att en medbrottsling till Olle skulle heta något på B", sa han och såg frågande ut för att få det bekräftat. Helena var avvaktande och ville inte efter allt som hänt egentligen rota i det mer, bara lägga allt åt sidan, men nickade till svar.

" Han som hyr din stuga heter Benny, är det något du tänkt på"?

Han gav sig inte, han hade tydligen tänkt en del.

" Jo, det har jag väl, men man kan väl inte gå omkring och anklaga folk beroende på vad de heter."

" Nej, det har du kanske rätt i, men var försiktig med okända människor."

Helena såg på honom och förstod på uttrycket i ansiktet att han menade väl. Samtidigt kom en bil med två ynglingar in på gården, så samtalet avslutades.

" Hej", sa Jocke som kanske hette Joakim.

Den andre bara nickade till hälsning. De såg ut att vara i tjugoårsåldern, med långt hår och tatueringar på armarna, som de gärna exponerade. Jocke hade dessutom en ring i ena örat och en keps som var felvänd. De gick runt hennes bil och muttrade något sinsemellan. Sparkade på däcken, som om det skulle avgöra om bilen var körduglig.

" Rätt rostig vid skärmarna. Ljuddämparen är nog dags att byta snart", sa Jocke med en kännares säkerhet.

Helena såg på Lars och förstod att han ogillade grabbarna.

" Jag kan bjuda femton för den, det är vad den är värd, om nu motorn är ok förstås, måste provköra först."

Helena blängde på Jocke och upplyste honom om att det nog inte var lönt att fortsätta. Hon skulle ha lägst tjugo för bilen och därmed punkt. Jocke flinade och kände sig antagligen plötsligt underlägsen, för han ville inte komma med något motbud. De avlägsnade sig och for iväg med sin BMW av betydligt nyare årsmodell.

" Jaha, det var det, jag mejlar nästa och ser när hon kan komma. Har du fortfarande lust att vara med."?

Dagen efter infann sig Lars på nytt, när "Kickan" skulle komma och se på bilen.

Har de inga riktiga namn nuförtiden?

Med sig hade hon en man, som antagligen var hennes pojkvän. Helena uppfattade inte hans namn. Hon antog att han var tio år äldre än "Kickan", som var en blondin med hästsvans, drygt fyrtio år, men ville antagligen se yngre ut. Klädseln skvallrade om det. Hennes pojkvän såg inte ut att vara speciellt intresserad av hennes bilaffär och försökte mest göra sig till vän med Abbot. Helena blev något distraherad av honom, men försökte ändå visa bilen för "Kickan", som hade en del frågor att ställa. Det mesta hade stått i annonsen, så frågorna var nog inte så väl genomtänkta. Lars föreslog en provtur, där han skulle följa med och "Kickan" antog förslaget. Pojkvännen brydde sig inte och stannade kvar på gården med Helena.

Hon blev nervös med att vara ensam med mannen, som lade in snus under läppen och avslöjade de bruna tänderna. Han hade ett fårat ansikte med stripigt här och begynnande flint. De slitna jeansen hängde löst på den seniga kroppen. Abbot gillade honom, till hennes förtret.

" Kan man få något att dricka"?

Helena blev överrumplad av frågan, men ville inte visa sig oartig. Hon gick mot huset och han följde efter. Hon ville för allt i världen inte ha honom med in i huset, så hon pekade på trädgårdsmöblerna och bad honom slå sig ner.

När hon kom ut med två burkar Coca Cola, svängde strax
"Kickan" och Lars in igen på gården.

Efter en kort pratstund gav sig de överåriga ungdomarna
iväg, efter att beslutat sig för att avstå från bilköp. Kvar
stod två oöppnade burkar på bordet.

Helena belönade Lars med en kopp kaffe innan hon
mejlade den sista personen som svarat på annonsen. Hon
tittade länge på namnet och kunde inte tro sina ögon.

Ludvig Fredlund

41

I mer än tio år hade han arbetat i reklambyrån, med att hjälpa sina kunder att utveckla starka varumärken och visste av erfarenhet att kommunikation var avgörande för marknadsarbetet. Han hade utvecklat en förmåga att med känsla och kreativitet göra en helhetssyn, som oftast ledde till en väl genomförd analys.

Denna förmåga hade Benny god nytta av, när han skulle skriva sin bok, men också i sin egen utredning om hans fars död. Hans efterforskningar hade kommit långt nu, han var beredd att konfrontera den person som han förstod var den som hade utdelat det dödande slaget. Av en ren tillfällighet hade han sett honom på gården hos Helena, när hon visade sin bil hon hade till försäljning. Han höll sig inomhus och studerade personen noga. Det var ingen tvekan, det var han.

Även om Benny inte haft så bra och tät kontakt med sin far på senare tid av olika skäl, var det ändå tveklöst så att han ville veta sanningen om hans död. Hans far hade lämnat tips till polisen om vilken en av båttjuvarna var, något som inte ledde någon vart. Polisen hade stått handfallna i brist på bevis och resurser att utreda fallet.

Men att det var mycket troligt att Olle Fredlund var en av de inblandade i Morten Munch Pedersens död, var man från polishåll ganska säker på. Efter olyckan med Olle, dagarna efter mordet, gick det inte att fortsätta, eftersom det inte fanns några spår. Det enda spår som teknikerna hittat var fotavtryck och ett kassakvitto från ett café, som låg under offret. Polisen antog att det var Mortens kvitto och sökte halvhjärtat på de serveringar som fanns i Laholm, utan något resultat. Man lät utredningen vila.

Benny bad att få se kvittot, vilket han mot förmodan fick. Han tog en bild med sin mobil och märkte att kvittot var daterat och var betalad kontant för två kaffe och wienerbröd. Det hade tagit Benny lång tid att hitta rätt café i Halmstad och pratat med en uppmärksam ung flicka, som kunde beskriva de två männen. Nästa steg var att hitta Olles kompanjon, som var den som varit med och dödat Bennys far. Alla analyser pekade mot ett håll.

Han funderade på om han skulle delge Helena vad han kommit fram till, men beslöt sig för att vänta någon dag. Hon hade fullt upp nu med att sälja sin bil, förstod han. Hon hade verkat frågvis, på ett sätt som gjorde honom säker på att hon också var något på spåren, men var osäker på vad. Hon hade kanske inte behov att få klarhet i allt, men något sa honom att hon ville veta sanningen.

Hon hade varit inne i stugan, den dagen när han glömt sin plånbok, var han helt övertygad om. Han hade märkt en svag, men ändå märkbar doft i stugan, från en parfym som Helena använde och som han kände igen från dagen när hon bjöd honom på kaffe. Vad hon gjort där visste han inte och tänkte inte utsätta henne för frågor heller. Det var bäst att stå på god fot med henne, de behövde kanske varandra längre fram.

Ingenting brådskade egentligen, mannen misstänkte säkert inte att han var inringad och skulle antagligen fortsätta sitt liv, på samma sätt som han gjort de senaste fyra åren. Därför skulle det komma som en chock för honom, när han förstod att det inte längre gick att undkomma rättvisan.

42

Helena tog på nytt fram kartongen med pengarna och förstod att hon måste gömma dem bättre, tills hon kunde lägga dem i bankfacket. Till sin förvåning fick hon se ett brev, som låg nerstucket vid sidan av sedlarna i lådan. Det hade hon inte sett tidigare konstigt nog. På framsidan av kuvertet stod det:

Till Martin

Eftersom inte kuvertet var förseglat på något sätt, kändes det rätt att hon läste det. Dessutom fanns ju inte Martin längre och det var nog hans mening att hon skulle få ta del av det. Hon läste den spretiga texten, medan tårarna rann på henne.

Martin! Jag har gjort något mycket dumt, som jag inte kan leva med. Jag orkar inte se Ludvig i ögonen när polisen hämtar mig, så detta är enda lösningen. Hoppas du vill ta hand om min son och mitt hus. Pengarna är från några båtstölder som jag och B gjort. Gör vad du vill med dem, men tala inte om för Ludvig vad jag gjort.

Din bror Olle

Helena stirrade på brevet och läste det flera gånger. Nu hade hon svart på vitt att Olle var skyldig. Egentligen skulle hon gå till polisen med brevet, men vem skulle dömas? Olle var redan dömd, det återstod bara en. B.

Hon skrek ut sin förtvivlan, medan tårarna forsade.

Fan Martin, varför berättade du aldrig något?

Varför kunde han inte förklara hur han tänkt? Kanske skulle han göra det, men hann inte? Alla dessa frågor.

Helena kände ilskan komma, rev ner en keramikskål när hon hastigt reste sig för att gå till köket. Hon tog en sax och gick till garderoben, drog fram Martins skjortor och klippte sönder dem i remsor som föll till golvet. Efter en stund lät hon saxen falla mjukt ner på tygbitarna. Hon viskade med sammanbitna tänder åt sig själv att skärpa sig, innan allt gick snett.

... om inte allt skulle barka åt skogen.

Hon satt länge med händerna i knät och såg in i tomheten, han lämnat efter sig. Det tog en lång stund för henne att samla sig, slängde tygremsorna och torkade tårarna. Det var förstås Martins mening att hon skulle behålla pengarna, för allas bästa. Hon skulle inte nämna något om pengarna till Ludvig under morgondagen, när han skulle titta på hennes bil. Hon hade mejlat honom och berättat kort vem hon var.

43

Nästa dag tog hon med sig kläder som skulle till butiken för second hand och det som skulle slängas. Det kändes befriande att äntligen kunnat rensa ut, göra sig av med saker hon inte behövde. Ett ärende till banken var också inplanerad. Det var fredag och normalt arbetsdag, men hon hade tagit ut en extra semesterdag för ändamålet.

Helena kunde inte låta bli att besöka sin mamma, när hon ändå var i närheten. Mamman låg på sin säng, med halvöppen mun och sov. Hon hade den vanliga klänningen på sig, den som Helena köpt till henne på Väla. Det grå håret var tunt och föll ner i ansiktet, som var fårat av ålder. Händerna låg platt mot filten och var skrynkliga. Helena såg på sin lilla mamma och visste att hon hade gått ner mycket i vikt. Minnen från hennes barndom och uppväxt flimrade förbi i en strid ström.

Den lyckliga barndomen, trots avsaknad av syskon, kärleken från föräldrarna, gården, djuren och det tidvis hårda arbetet på gården som hennes föräldrar skötte så exemplariskt. Hon mindes lek med kompisar, kojor de byggde, skogens rikedom på bär och bad i sjön på sommaren.

Längre än så kom hon inte, mamman vaknade till och tittade på henne.

" Är det du Astrid"?

" Nej mamma, det är jag, din dotter."

Mamman tittade misstroget på henne, men sa ingenting. Ofta när hon förstod att hon hade fel, blev hon tyst.

" Efter lunchen idag skall det bli sångstund, mamma, en flicka från trakten kommer och underhåller. Det blir väl trevligt?"

" Hoppas Axel hinner hem, han är och köper en kostym."

Helena klappade henne på kinden och lämnade den gamla damen, som antagligen redan glömt att det skulle bli en sångstund efter lunchen och att hon haft besök av sin dotter.

*

När hon och hunden gick på sin promenad, såg hon Börje ute i sin trädgård, med händerna vilande på en spade, som om han inte riktigt kunde bestämma sig för om han skulle använda den. Helena vinkade till honom och frågade hur det var med dem. Ögonen såg trötta ut och han talade om att Siv inte kände sig riktigt bra. Hon hade feber och var sängliggande för tredje dagen. Han såg till henne så ofta han kunde, gav henne att dricka, satte fram mat som hon inte åt. I ansiktet skymtade Helena en bekymrad min.

" Vi får hoppas hon kryar på sig, du får mer än gärna ringa mig om det är något du vill ha hjälp med."

" Förresten, du nämnde en gång att det gick ett rykte om din närmaste granne, Lars. Minns du det?

Börje skruvade på sig och blev besvärad för en stund.

" Jo, nog minns jag, det var dumt av mig, det är ju bara ett rykte, som sagt."

" Men kan det inte finnas någon sanning i det då"?

" Folk pratar, men vet inte. Siv tycker inte jag skall babbla så mycket. Men för dig kan jag säga att ryktet sa att Lars skulle vara inblandad i en annan mans död. Men det ledde inte till något gripande, så det är säkert bara ett rykte. Lova att du inte för det vidare."

" Usch, så hemskt, Vad hände och när var det"?

" Det var för några år sen, jag vet inget mer."

Börje ville inte prata mer, ville in till hustrun förstod hon.

" Nej det är nog bara ett rykte, som du säger. Jag lovar att inte säga något. Hälsa Siv!"

Helena gick vidare och hade mycket att fundera över.

44

Planet till Oslo lyfte tio minuter försenat från Schiphol. Två timmar tidigare hade mannen landat med KLM från San José, en lång flygning från Costa Rica, som inte givit honom mycket sömn. På flygplatsen i Amsterdam drack han mycket kaffe och började känna sig något piggare.

Det var flera år sedan han var hemma och undrade hur han skulle klara omställningen. Han skulle visserligen bara stanna i tre veckor, men det var en stor skillnad på livet han levt med snorklingsturerna i det gemensamma företaget med Jon och hösten i Skandinavien.

Han skulle få låna Jons lägenhet i utkanten av Oslo, efter någon dag ta tåget till Göteborg och hyra en bil där. Något mer än en vecka skulle han stanna i Sverige och besöka hemtrakterna. Han hade magrat, låtit skägget växa, men ansade det väl, solbrännan hade han fått på köpet i Costa Ricas sköna klimat. Mannen kände sig spänd inför hemkomsten, men det fanns ingen återvändo nu.

Snart skulle han vara tillbaka på Tortuga Island och lotsa turister ut för snorkling i havet bland havssköldpaddor och korallrev.

45

Redan när han steg av bilen såg Helena att han var en kopia av sin far, från de bilder hon sett. Ludvig såg en aning besvärad ut av situationen, men samlade sig och presenterade sin sambo Louise. Helena hade bryggt kaffe till dem och dukat utomhus med Höganäsmuggar på en rödrutig duk.

Hon hade inte ringt till Lars, det skulle antagligen vara onödigt känsligt för både honom och Ludvig att träffas. Åtminstone trodde hon det. Dessutom såg hon honom köra iväg för en stund sen. Benny var tydligen inne i stugan, så om det skulle gå snett, kunde hon kalla på honom. Men hon kände sig på något sätt trygg med de två, som nu satt med henne och drack kaffe.

Hon hade googlat på Ludvig och visste att han var tjugonio år. Hans mörka hår var klippt i en modern frisyr och en kort skäggväxt ramade in det solbrända ansiktet. Kläderna var också moderiktiga, även om Helena inte förstod sig på varför man hade jeans med hål på knäna. Han verkade atletisk, när han greppade tag i trädgårdsstolarna på ett enkelt sätt.

Louise var antagligen något yngre och gav också hon ett positivt intryck. Smilgroparna förstärkte leendet i det släta ansiktet. Hennes bruna hår med ljusa slingor var yvigt och klädde henne. Abbot sprang fram och hälsade och en ömsesidig beundran uppstod.

" Just en sådan hund hade mina föräldrar, när jag bodde hemma", sa Louise.

" Jag har tjatat på Ludvig att vi skall skaffa hund snart", tillade hon och sneglade på sin sambo. Ludvig tog henne i handen och Helena såg att det blänkte var sin guldring på händerna.

" Vi får väl se lite senare", sa Ludvig.

Snart kom de in på prat om sitt släktskap och Ludvig beklagade att han inte hade kunnat komma, varken till deras bröllop eller Martins begravning. Han berättade om sin utlandstjänst i Afghanistan och Helena fick förklaring på varifrån han fått sin starka kroppsbyggnad. Louise tyckte att de skulle få vara i fred med sitt samtal och tog Abbot med sig på en promenad.

Ludvig berättade att Martin tagit väl hand om allt efter Olles död och kollade huset allt som oftast, eftersom han själv bodde i Västerås vid den tiden, när han inte var i tjänst. Helena lyssnade och lät honom prata.

" Stod du din pappa nära"?

" Efter deras skilsmässa, blev det inte så bra kontakt, jag låg i lumpen, jobbade, flyttade norrut, så nej, vi träffades inte så ofta. Pappa började dricka, umgicks tydligen med fel personer och blev förändrad. Jag hörde att han använde droger också. Men så dog han plötsligt i en olycka, enligt polisen."

" Tvivlade du på att det var en olycka"?

" Jag har gjort det, men jag vet inte längre. Jag försökte ta reda på vem han umgicks med, men kom ingen vart. Man skall kanske inte rota i det."

...inte rota i gammal skit

Hon kom ihåg Lars ord, när hon frågat honom om Olle.

" Men det är väldigt konstigt att hans kropp inte har hittats, den borde flyta upp om han drunknat, om inte någon sänkt honom med tyngder och sen arrangerat en olycka."

Hon såg att Ludvig fick tårar i ögonen och hade sjunkit ihop en aning på stolen. Hon led med honom, det måste vara fruktansvärt att inte veta, inte ha en grav att gå till.

" Du har inte hittat något som tyder på att han ville ta livet av sig, ett brev eller något annat"?

Ludvig skakade på huvudet och torkade tårarna.

Louise återkom från promenaden med hunden som trivdes med sällskapet. Hon såg att Ludvig gråtit, men ville inte säga något, hon skulle nog få en förklaring senare.

" Vad säger ni, ska vi titta på bilen"?

" Javisst, den hade jag glömt", sa Ludvig, som återhämtat sig från samtalet.

Louise var den som var först framme och kollade, eftersom det var hon som behövde en bil att köra med. De undersökte och frågade så mycket som möjligt och tog sen en provrunda. Helena var inte orolig för att de inte skulle komma tillbaka. Hon sneglade bort mot stugan, men Benny syntes inte till.

" Kan du gå ner till tjugo"? Louise ville förhandla.

" Det är helt ok för mig, så har ni en slant över till nya däck nästa år. Men vinterdäcken är bra."

De kom överens om att träffas igen om några dagar, för att avsluta köpet. Helena tyckte att det varit en bra affär och ett trevligt samtal. Äntligen hände det något positivt!

46

De körde hemåt under tystnad. Louise förstod att det hade varit ett känsligt samtal, men ville inte fråga. Hon kände Ludvig vid det här laget, när han funderat färdigt skulle han berätta. När de parkerat bilen hemma i Mellbystrand bröt han tystnaden.

" Pappa ligger nog på havsbottnen".

" Men varför tror du det"?

" Han har inte flutit upp någonstans, det är flera år sen hans scooter hittades i havet, det finns inget avskedsbrev, som tyder på självmord, så vad återstår? Kan han ha fixat sitt eget försvinnande?" Orden fick honom att fundera.

Mycket av det förflutna kom nu upp till ytan, efter deras besök hos Helena. Hon tycktes vara en bra kvinna, med båda fötterna på jorden, som nu mist Martin så plötsligt. Det kunde inte vara så lätt för henne, även om hon tydligen ärvt huset och bilen och kanske lite pengar också.

Själv var han nöjd, hans del av livförsäkringen kom bra till pass till renovering av sitt barndomshem, som han nu återvänt till. Även om han själv skulle göra mycket av arbetet, skulle det ändå kosta en del. Köket var det som först skulle bytas ut, de gamla slitna skåpluckorna från femtiotalet hade gjort sitt. En ny inredning och nytt golv skulle förbättra standarden avsevärt.

Livet skulle nog arta sig för Louise och honom, kanske de skaffade barn snart, eller en hund först. Huvudsaken var att de hade det bra tillsammans.

Minnet av föräldrarnas utdragna skilsmässa kom för honom. Pappans drickande, missbruk och rykten om båtstölder. Han hade försökt att förtränga, men nu kom det fram igen, efter besöket där vid sjöarna. Helena hade visat honom några bilder från fiske på Västersjön, med pappan, Martin och Lars. Det var lyckliga tider, när han var ung och familjen fungerade. Men sen gick det utför. Han hade dragit sig undan, flyttat och utbildat sig i militär tjänst, för att fokusera på annat.

Ludvig visste att Lars bodde i närheten av Helena, det var bara några hundra meter mellan husen, enligt Google Map. Han måste besöka honom snart, för att få ro i sin själ om vad som egentligen hände med hans pappa. Det fanns en anledning, nu när han skulle hämta bilen de köpt. Lars borde veta en hel del, eftersom de varit arbetskamrater och kanske umgåtts också. Ryktet att Lars och Olle haft en del fuffens för sig, var nog inte helt fel. Lars skulle få stå till svars, för Ludvig ville veta något om sin pappas sista tid i livet.

47

Hon hade avstått från vinet under kvällen, förstod att det skulle bli starka drycker på kräftskivan hos Jenny och Pelle nästa dag. Det hade som vanligt varit svårt att somna, fortfarande gavs inga svar på alla frågor som fanns i huvudet. Men små pusselbitar fanns det ändå, det gällde bara att lägga dem rätt. Vid tvåtiden hade hon gått upp och druckit varm mjölk. Hon mindes att hennes mamma alltid gjort det när hon inte kunde somna.

Den becksvarta natten utanför fönstret lystes bara upp av en ljuspunkt, en lampa i stugan, där Benny bodde. Hon undrade vad han gjorde uppe så sent. Kanske av samma anledning som hon själv.

Hon släckte, stålsatte sig att inte ta fram vinflaskan och lade sig i sängen igen. Prognosen för morgondagen talade om bra väder, men regn var på väg västerifrån och skulle komma in någon gång under småtimmarna nästa natt.

Vid niotiden vaknade hon utsövd, efter nästan sju timmars sömn. Helena kände sig gryningsfri, yrvaken och för en kort stund inte medveten om hur hon mådde. Vid närmare eftertanke mådde hon bra, hade inte gått i sömnen denna natt. Det fanns åtminstone inget som pekade på det.

Solen hade gått upp ovanför träden, hönorna kacklade där ute och ville ha mat. Dagen verkade lovande.

Kanske skulle hon försöka släppa alla tankar på Olles kompanjon, Mr B, som hon döpt honom till. Hon märkte att det tog kraft och energi från henne, den borde hon lägga på att se om sitt hus i dubbel bemärkning. Måla, renovera och modernisera. Just nu såg allt ut att ordna sig, bilen var så gott som såld och skulle bara överlämnas. Ludvig hade inte nämnt något om gömda pengar från Olle, så han visste tydligen inget. Helena såg fram mot kvällens kräftskiva och få träffa goda vänner, skratta och ha roligt igen.

Hon tog Abbot på promenad efter frukosten bort mot kyrkan mellan Kyrkesjön och Aborrasjön, för att besöka Martins grav. De vissna blommorna i vasen bytte hon ut mot nya, fräscha. En lång stund stod hon där och pratade med sin döde make om allt som hon undrade över.

Varför hade du hemligheter för mig, Martin?

Hon såg bort längs allén mot Rössjöholms gods, korsade vägen, sneglade mot lägerskolans fasad och gick stigen ner mot Kyrkesjön. Vid grillplatsen intill stranden hade hon och Martin haft en romantisk kväll för några år sedan, med mat och vin.

Efter en sen lunch, lade hon sig på soffan för att vila sig en stund innan hon gjorde sig iordning för kvällen. En gång hade hon och Martin firat midsommar här hemma med Jenny, Pelle och några andra, en regnig midsommar som de fick tillbringa inomhus. Men de hade haft trevligt ändå. Hon mindes ett av Sivs ordspråk:

Med kärlek, humor och tolerans, går livet som en dans.

Hon log vid tanken på Siv och hoppades hon mådde bättre. Just som hon lagt sig på soffan, knackade det på dörren. Utanför stod Benny. Han såg allvarlig ut.

" Hej, ursäkta jag stör, men det är en sak jag vill prata med dej om."

" Det passar väldigt dåligt just nu, jag skall vila mig en stund innan jag åker bort till några vänner", sa hon kanske mer avvisande än hon tänkt sig.

" Då får vi ta det en annan gång, jag skall också bort ikväll och kommer tillbaka i morgon."

Helena ångrade sig att hon varit alltför brysk mot honom, något som alltid varit ett gissel för henne, när hon var trött och hade en del inplanerat. Om det kom något i vägen för hennes tänkta planer, blev hon ofta lite tvär.

" Förresten vad ville du prata om? Helena ville blidka honom något.

Benny suckade tungt, såg ut över vägen, som om vägen där ute var alldeles särskilt intressant.

" Om Olle Fredlund."

48

I trädgården var ett partytält uppställt, för att skydda mot kvällskylan, som var väntad så här i slutet av augusti. Regn var utlovat, men först fram mot natten. Jenny och Pelle hade bott i huset på Onsjögatan sedan de gifte sig. Det hade gått åtta år nu. Jenny älskade sin trädgård och vårdade rosorna ömt. Pelle var mer besatt av att ha olika projekt igång, det senaste var ett grillkök i anslutning till uteplatsen.

Bordet var dukat, stora fat med kräftor, bröd och pajer, trängdes om utrymmet tillsammans med öl av lokala tillverkare.

Malin och Alex hämtade Helena och Abbot på avtalad tid, med sin rymliga Volvo. Helena hade räknat med att vara "femte hjulet" denna kväll, eftersom hon var singel, men tänkte inte bekymra sig så mycket. Även om det naturligtvis skulle vara trevligast att ha en man vid sin sida, tänkte hon inte som många singlar dejta frenetiskt, för att bli bekräftad igen. Hon platsade inte i den rollen än, ansåg hon.

Något försenad dök en man vid namn Patrik upp själv. Hans fru hade fått migränanfall och kunde tyvärr inte komma. Hon skickade en hälsning och hade enligt mannen insisterat på att han skulle åka till festen själv. Helena sneglade på de andra och undrade om alla hade samma fundering som hon. Kanske hade de grälat och Patrik åkt iväg i vredesmod, det var svårt att avgöra. Hon kände ju inte personerna alls. Enligt Jenny, var Patriks fru en ny väninna, så Jenny var väl den som kände paret bäst.

Några kulörta lampor hjälpte till att höja stämningen i tältet, där värmen var behaglig. Solen hade gått ner och skymningen sänkte sig sakta i takt med att kräftor, öl och snaps försvann i sällskapets magar. Det var en uppsluppen stämning och snapsvisorna avlöste varandra. Alla runt bordet var väl normalt sångkunniga, men med dryckers hjälp, blev alla något av en "Pavarotti". Åtminstone Patrik, som inte tackade nej till den tredje supen. Helena var måttlig och tog bara en, införstådd med att hon inte tålde mer.

Under en av sångerna kände hon en hand på sitt knä. För en stund, som var så kort att det kanske bara var ett ögonblick kände hon en isande känsla, innan hon tog bort Patriks hand, utan att se på honom. Hon låtsades inte om den plötsliga känslan av obehag, utan stålsatte sig att vara naturlig mot de andra.

" Bor du ensam där ute i skogen"?

Patrik gjorde ett försök att vara trevlig, utan att lyckas. Frågan var korkad tyckte Helena, han visste antagligen en hel del om henne.

" Jag har min hund och mina höns och så grannar, så livet är inte tråkigt, om du trodde det".

Hon tänkte inte beklaga sig inför honom, särskilt inte efter det där med handen på hennes knä. De andra hade inte märkt något.

Det var mörkt ute nu och de kulörta lyktorna gjorde sitt för att alla skulle trivas med festen. Men Helena tyckte allt var en fasad, som en bedräglig kuliss av lycka. Kanske var det ett utslag av utsatthet som singel, som fick henne att känna så. Droppen var när hon åter kände hans hand på hennes ben, den här gången lite längre upp på låret. Hon slet bort handen, vände sig mot honom och väste mellan tänderna att låta bli.

Sluta med det där, din slemmiga typ.

Några i sällskapet förstod att något hänt och ljudet av deras röster dämpades för ett ögonblick, för att snart höjas igen. Bordet med tallrikar dukades av, Jenny tyckte det var dags för kaffe, Pelle tog fram sin bästa cognac. Helena ville inte sitta kvar, så hon hjälpte till att ta bort resterna. Lämpligt nog råkade hon tappa Patriks fat med kräftskal på hans skjorta och såg hur de fortsatte ner till skrevet. Han for upp, vinglade till och vrålade åt henne med sprucken röst, men hon bara log ett vagt ursäktande leende, som inte var äkta. I köket berättade hon för Jenny om händelsen.

De var rörande överens om att vissa karlar aldrig bättrade sig. Helena var inte den som ville förstöra festen, så de skrattade tillsammans åt händelsen med kräftskalen. Patrik såg ut som en uteliggare med nersölad skjorta och byxor. Vid tolvtiden lämnade de Onsjögatan och hoppades att Jenny och Pelle fick iväg Patrik i en taxi hem.

136

49

Regnet hade ännu inte börjat falla, men vinden ökade i styrka och snart skulle de första dropparna vara över dem. Malin var en säker bilförare, hon hade inte druckit något starkt under kvällen, så de två i bilen litade fullständigt på henne. Trafiken på länsvägen var inte stor, några enstaka bilar var på väg hem under den tidiga natten.

Hon vek av från länsvägen, in på grusvägen mot Helenas hus. Vägen var kurvig och ganska smal och även om det inte kom några bilar just denna natt, var det bäst att ta det lugnt. Hon hade helljuset på och slog på vindrutetorkarna mot regnet som nu var över dem.

Plötsligt tryckte hon hårt på bromsen. Helena såg faran samtidigt som Malin, men Alex hade slumrat till i baksätet och ryckte till med ett kvävt skrik. Abbot blev rädd i sin bur och morrade lågt. De var en hårsmån från att kollidera med en vildsvinsfamilj med sex ungar, som korsade vägen framför dem. Helena visste att det fanns vildsvin i trakten, en varningsskylt var uppsatt för att varna, men hade aldrig sett några. De stod stilla mitt på vägen, medan djuren lugnt fortsatte på andra sidan. Det tog en stund att hämta sig, men de var tvungna att köra vidare ifall det kom någon mötande bil.

Fem minuter senare stannade de framför Helenas hus. Hon såg genast att det var något som inte stämde. Helena var övertygad att hon tänt ytterlampan, men nu var den släckt. Hon såg bort mot stugan, som om den kunde ge henne svar, men den låg tyst och mörk. Hunden började skälla och vädrade med nosen bort mot huset. Hon såg inget särskilt och försökte få tyst på honom. Malin och Alex hjälpte henne med hundens bur till huset. Abbot fortsatte att skälla. Helena stannade plötsligt, när hon såg att ett fönster var uppbrutet och att ytterdörren var öppen. Någon hade varit där, medan hon var borta!

Vännerna gick före in i huset och tände ljuset, kollade så att ingen var där. Helena kom strax efter, Abbot hade lugnat ner sig, men var lite orolig och sniffade runt.

" Du måste ringa polisen", sa Malin.

Helena tittade runt bland sina saker för att se om något blivit stulet.

" Det är inte lönt, de kommer inte ut i natt ändå, dessutom kan jag inte se att något blivit stulet."

" Men om du kommer på att du saknar något, kan du väl ringa i morgon bitti? Vågar du sova här i natt?

Helena sa att hon var lugn och att hon ändå inte skulle kunna sova. Abbot skulle varna om någon kom tillbaka. Hon skulle spika för fönstret, så det inte stod öppet under resten av natten. Malin och Alex åkte iväg så småningom, när de fått Helenas försäkran om att hon skulle ringa om det hände något. Då skulle de komma direkt.

Helena satte sig i soffan och försökte få klarhet i det som hänt. Hon darrade i hela kroppen, fast hon övertygat sina vänner att hon var lugn. Först när de åkt iväg kände Helena hur skräcken grep tag i henne. Hon tände alla lampor i huset. Vid första anblick var allt som vanligt, men när hon vågade gå runt i huset, såg hon att kartongen var borta! Bara kartongen och ingenting annat. Några smycken hon hade i en låda fanns där, hennes dator och andra personliga tillhörigheter var orörda.

Någon har stulit kartongen.

Helena log först vid tanken på att den som tagit lådan nog blev väldigt överraskad, när den öppnades. Hon hade förslutit den med tejp, för att inte tidningarna och de små häftena om fiske skulle trilla ut. Men hon blev genast medveten om att någon ville åt pengarna och nu inte skulle dra sig för att försöka igen. Men en del av pengarna, hade hon tagit med och var i säkert förvar i facket på banken. Resten var tryggt placerade i vedboden än så länge, men skulle snart också få sin säkrare plats.

Helena kunde inte sluta grubbla, musklerna spändes för varje ljud hon hörde, normala ljud i huset, som förstorades och misstolkades i hennes huvud. Timmarna segade sig fram, hon bryggde kaffe för att hålla sig vaken, fick inte somna. Hon kämpade mot sömnen, men ögonlocken blev tyngre och tyngre. Det blev det en kort orolig sömn vid femtiden på morgonen, för att vakna med ett ryck halv sju. Ljuset flödade i huset, men ute hade inte dagen ännu inte vaknat. Händelserna från gårdagen och natten gjorde sig påminda. Den otrevlige gästen som tafsade på henne under kvällen, vildsvinen som nästan orsakade en olycka med bilen och inbrottet i hennes hus. Hon undrade hur hon skulle orka med fler överraskningar.

Helena släppte ut Abbot, själv orkade eller vågade hon inte lämna huset.

50

Strax före tolv på natten bröt han sig in i huset, när han förstod att ägaren inte var hemma. Han hade sett att Helena och hunden blev hämtade och for iväg. Personen som hyrde stugan var inte heller hemma, så det var upplagt för att göra det han tänkt länge.

Ytterlampan var tänd, han släckte den för att få totalt mörker. Det var en enkel match att bryta upp fönstret och ta sig in. Han lät ljusstrålen från den lilla ficklampan svepa över rummet, tills han hittade det han sökte. Samtidigt hörde han en skarp inbromsning på grusvägen lite längre bort. Hans sinnen var på helspänn och han lyssnade efter andra ljud.

Efter en kort stund hörde han bilen närma sig, grep tag i kartongen han spanat in och tog sig ut ur huset. Samtidigt kastade ljuskäglorna från bilen sitt ljus över huset och i sista stund kom han runt hörnan och försvann in i skogen bakom huset.

51

Mobilen var urladdad och Helena satte in kontakten och konstaterade att det inte fanns någon ström. Åskan var inte så intensiv, men hade tydligen ändå orsakat strömavbrott. Hon trotsade regnet, låste dörren och sprang ut till hönsen och gav dem mat. För säkerhets skull kontrollerade hon i vedboden, att pengarna var väl gömda. Ingen skulle komma på tanken att leta där, ansåg hon. Hon tog in äggen, som hönorna lagt, för den sena frukosten. Men när hon stod vid spisen gick det upp för henne, att det inte skulle bli någon frukost på en stund, på grund av strömmen.

Hon letade fram Martins lilla gasolkök, som han ibland hade med på fisketurer och lyckades både koka ägg och brygga sitt kaffe på den. Det gällde att inte stå handfallen, när krisen, eller kriget kommer, stod det i en broschyr som nyligen delats ut till alla hushåll. Helena funderade på om hon skulle göra iordning en slags överlevnadslåda med torrprodukter av mat och annat, som föreslogs. Just då kom strömmen tillbaka.

Två missade samtal visade sig på mobilens display. Det första var från Malin, som lämnat ett röstmeddelande. Hon ville bara försäkra sig om, att allt var väl med henne. Helena skickade iväg ett sms till henne att hon hade sovit alldeles för lite, men mådde bra. Det andra var från Börje. Hon kunde inte minnas att han någonsin ringt henne, så det måste vara något viktigt. Kanske var Siv sämre och han behövde hennes hjälp med något. Flera signaler gick fram innan han svarade.

" Börje Åkesson."

" Hej, Börje, det är Helena, jag såg att du ringt mig. Är det sämre med Siv"?

" Nej, hon är på benen igen, men det är något annat som jag är fundersam över".

Han berättade att det kanske hade hänt Lars något. Han brukade alltid gå ut och hämta tidningen strax före halv åtta på morgonen, men inte denna dagen. Börje satt alltid vid frukostbordet från sju till nästan åtta och drack sitt kaffe och läste tidningen noggrant. Under den timmen brukade han få syn på Lars, men det hade inte hänt idag. När han såg att ytterdörren stod på glänt och att han ännu inte visat sig utanför huset, började han undra.

Själv vågade han sig inte bort och undersöka, han hade bara ropat Lars namn borta från brevlådan, när han såg att tidningen fortfarande fanns kvar. Därför undrade han om Helena skulle kunna tänka sig att följa med in i Lars hus.

Regnet hade upphört och molnen började skingras på himlen. Åskan hade dragit sig längre bort, så hon lovade att komma direkt.

Hon låste omsorgsfullt dörren, kopplade hunden och gick bort till Börje. Helst av allt hade hon behövt sova flera timmar, men Börjes vädjan gick inte att avspisa.

Dörren stod mycket riktigt öppen hos Lars. Han var inte ute i trädgården och ingen svarade när hon ropade hans namn. Hon öppnade försiktigt dörren och gick in. Hon höll Abbot hårt i kopplet. Helena hade aldrig varit inne i hans hus förr och kände sig som en inkräktare. Hon kom in i en hall, som var ljus och välkomnande, med klinker på golvet. Till höger fanns köket, modernt med vita luckor och trägolv. Hon såg att på köksbordet som var i ek låg det några tidningar, en kaffemugg till hälften urdrucken, stod på den skinande rena diskbänken.

Hon fortsatte in mot vardagsrummet. Börje ropade något åt henne, men hon svarade inte. Istället kvävde hon ett skrik och satte händerna för munnen. Lars låg på golvet i en blodpöl, med händerna bundna och såg ut att vara död. Helena hann se att rummet var i en enda röra, med golvet fullt av sönderslagna saker, innan hon rusade ut ur huset och kräktes upp sin frukost.

" Vi måste ringa polis och ambulans", sa hon mellan kväljningarna. Det tog mer än en halvtimme innan hjälpen kom. Först på plats var ambulansen och personalen konstaterade att Lars var illa åtgången, men levde. Kort därefter kom polisen, som genast satte igång en första undersökning, innan han kunde flyttas. Tekniker var på väg också, eftersom det rörde sig om ett misstänkt mordförsök.

Medan ambulansen åkte iväg, fick Börje och Helena lämna sina uppgifter om hur de upptäckte brottet. Efter en stund fick de gå, men polisen skulle kontakta dem igen.

52

Redan på måndagsförmiddagen ringde polisen till Helena och hon kallades till ett förhör på stationen. De behövde fler kompletterande uppgifter av henne.

I sitt utmattade tillstånd infann sig sömnen tidigt, drömmar avlöste varandra under natten och hon vaknade alldeles svettig. Efter en snabb dusch och frukost, var det dags för jobbet igen. Hon såg att Benny fortfarande inte kommit tillbaka. Med tanke på gårdagens händelser, gick det inte utan att fundera på vad han hade för roll i överfallet på Lars. Hon övervägde om hon skulle tala om för polisen att hon har en hyresgäst i stugan.

Helena behövde inte bekymra sig om det, det var redan känt att så var fallet och innan hon körde till arbetet kom två poliser och ville ha tillgång till stugan.

" Det är visserligen jag som äger stugan, men ni måste ha ett tillstånd, eller hur"?

Poliserna fick snällt lomma iväg. Hon såg en av dem tog upp sin telefon, antagligen för att prata med åklagaren.

Hon slutade en timme tidigare och infann sig på avtalad tid. Hon fick redogöra för gårdagen igen, men hade inte något nytt att tillägga. De frågade om Benny, när han hade hyrt stugan och vad han gjorde där. Hon blev en smula irriterad på förhörsledaren, en äldre man, med buskiga ögonbryn, som rörde sig när pannan rynkades. Hans var vänlig, men blicken var genomträngande och hon blev lite nervös. Innan hon gick, fick hon lämna fingeravtryck, bara för att utesluta henne från gärningen, som han uttryckte det. Helena försäkrade att hon inte rört något, hade rusat ut direkt, när hon såg honom ligga där på golvet.

Morgontidningen hade stora rubriker om överfallet, utan att nämna namnet på mannen, som vårdades på intensiven i Lund. Platsen för brottet var däremot beskriven, så att det var lätt att förstå vem mannen var. En bild av huset, med blåvita plastremsor utanför, talade sitt tydliga språk. Snart skulle säkert Sydnytt också infinna sig och springa runt och prata med grannarna och rapportera på TV under kvällen. Helena tänkte inte bidraga till spekulationer, de höll hon för sig själv.

Helena ringde och tackade för festen på lördagskvällen och fick kort redogöra för söndagens händelser, utan att nämna något om sitt eget inbrott. Jenny berättade att Patrik hade stannat kvar en stund till och avslöjat att hans fru ville skiljas. Han hade inte kunnat förklara varför i sitt berusade tillstånd och sökte deras sympatier. Men Jenny kunde mycket väl förstå att frun hade tröttnat på honom, med tanke på hur han uppförde sig på festen. Vid ettiden på natten hade de satt honom i en taxi, som körde honom hem.

Det plingade till i mobilen, ett sms talade om att Christina hittat ett tillfälligt boende. Helena blev lättad.

53

Helena tog Abbot med sig i bilen och körde bort mot Västersjön. Hon ville som omväxling bryta de invanda rutinerna och för någon timme, försöka rensa huvudet från tankar om inbrott och överfallet på Lars. Men det var svårt att släppa, någonstans fanns den som med våld hade skadat Lars svårt. Det kunde ju också vara två personer, det senaste året hade några överfall och rån skett i ensliga hem ute på landsbygden. Ett gammalt par i Halland hade mördats i hemmet på våren, för några tusen kronor och gärningsmännen hade inte kunnat gripas.

Hon parkerade vid Århult och följde en av de markerade stigarna i Djurholmens strövområde, som var ett av Skånes sköna naturreservat. På parkeringen stod ytterligare tre bilar, så hon kände sig trygg med att det fanns fler personer därute. Dessutom hade hon hunden med sig.

Tät, mörk granskog med stenmurar från gamla boplatser, övergick till bokskog, som reste sig som i en pelarsal. Hon följde Århultsbäcken, med sina porlande bäckar och små vattenfall nere i ravinen. Stigarna korsade varandra, så det gällde att inte gå vilse. Helena kom fram till mossen, som för flera tusen år sen varit en sjö. Nu var det ett kargt ljunglandskap, med spångar att gå på.

Hon mindes att Martin och hon varit där en vårkväll och sett tjäder från det höga utsiktstornet längst bort på myren.

Kvällen hade varit underbar, de hade en picknickkorg med mat och dryck och varit helt ensamma med naturen den kvällen. Det var knäpptyst, inga ljud från civilisationen nådde dit. Till och med vinden tycktes hålla andan.

Helena såg ut över mossen, där svagt doftande klockljung fortfarande lyste i rosa färger, tillsammans med tuvull med sina sirliga vippor och kråkbär. Här och var fanns små förvridna martallar. Eftermiddagen led mot sitt slut och solen gick ner bakom de höga granarna. Hon såg inte någon människa under promenaden och vände tillbaka med Abbot till parkeringen. Hon tyckte sig känna igen den ensamma bilen, som var kvar, förutom hennes egen. Det var något igenkännande, men kunde inte komma på var hon sett den. En blå Ford Mondeo.

När hon var tillbaka i huset var det ovanligt många bilar som körde förbi, antagligen bort mot huset där överfallet hade hänt. Hon kunde inte se Lars hus, men förstod att nyfikna samlats där, för att personligen närvara vid brottsplatsen. Många hade säkert teorier om vad som hänt och rykten skulle spridas snabbt. Hon undrade hur det var med Lars, kanske skulle hon kunna besöka honom, när han vaknade upp. Om han vaknade upp.

Mobilen ringde när hon stod vid spisen och lagade spagetti och köttfärssås. Hon hade gått upp något kilo den senaste månaden och borde kanske inte äta så mycket pasta och istället öka intaget av grönsaker. Sen var det ju det där med vinet. Till hösten skulle det bli ändring på mycket, var hennes tanke.

Det var Benny som ringde. Han berättade att han varit sjuk några dagar och därför inte kunnat komma, men tänkte göra det nästa dag.

" Har du läst om överfallet på en av mina grannar här", frågade hon.

" Ja, jag har hört vad som hänt Lars Bertilsson," sa han kort.

Helena hann inte fundera över hur han kunde känna till namnet på den som blev överfallen, något som inte tidningarna hade gått ut med.

" Polisen har velat ha tillgång till stugan, så de kommer nog snart och gör en husrannsakning."

" Jag har nästan förstått det".

Helena tyckte det var underligt att Benny var så kortfattad, som om han var nerstämd av något. Svaret var underligt. När de avslutat samtalet funderade hon på vad han sagt och hur han sagt det.

Han skulle vara hos några vänner i Helsingborg på lördagskvällen hade han sagt, men tänk om han istället brutit sig in hos Lars och nästan slagit ihjäl honom. Men frågan var bara varför. Vad hade han i så fall för koppling till Lars. Kände han Lars? Kanske det inte var en slump att just han hyrt stugan? Hon kände på sig att det var något som hon förbisett, men kunde inte komma på vad det var. Något som han sagt tidigare.

Just som hon skulle sätta sig och äta sin middag knackade det på dörren. Hon suckade djupt, men gick och öppnade. Utanför stod två poliser, som presenterade sig som Stefan Holm och Anna Modric. Hennes första tanke var på den Holm, som var en framgångsrik höjdhoppare för några år sen, men några likheter fanns naturligtvis inte. Denne Holm som stod framför henne, såg inte ut att kunna hoppa över förmiddagskaffet ens, tänkte hon och log försiktigt.

" Vi har en fråga, kan vi komma in"? Anna Modic visade upp sin legitimation och tog ett steg fram, som för att visa sin auktoritet.

" Jag skulle just äta middag", försökte Helena.

" Det går snabbt, men du vill kanske komma till stationen i morgon istället"?

" Kom in då, maten har ändå kallnat nu". Hon kunde inte låta bli att bli irriterad på deras attityd, men försökte behärska sig. De hade ju rätt att fråga för att få fast den skyldige.

" Vi har hittat dina fingeravtryck på ett föremål hemma hos Bertilsson. På en kartong med tidningar och böcker. Hur förklarar du det"?

Helena bleknade. Plötsligt slog det henne vem "B" var.

Bertilsson

Hon mindes hur Martin alltid sa Bertilsson om honom, alltid efternamnet, aldrig Lars. Att hon inte kommit på det tidigare. Det var alltså Lars som gjort inbrott i hennes hus

150

och tagit lådan, som han trodde innehöll sedlarna från Olles del av båtstölderna. Han hade antagligen känt igen den. Allt blev fullständigt klart.

Poliserna väntade på hennes svar och hon förstod att hennes paus varit alltför lång innan hon svarade. De tittade undrande på henne.

" Förlåt, jag stod i andra tankar. Lars fick en kartong med fiskeböcker och annat av mig, när jag rensade ut saker efter min man, som dog i somras. Det måste vara den, eller hur"?

" Tack, då vet vi, men vi skulle uppskatta om du vill komma till oss i morgon förmiddag klockan elva, för några fler upplysningar om din relation till Bertilsson."

Stefan Holm, som inte var höjdhoppare och hans kollega Modric avlägsnade sig. Helena stod kvar med en frågande blick i ögonen. Abbot tittade undrande på henne.

Hon värmde maten i ugnen, men var inte hungrig längre. Aptiten hade försvunnit med de båda polisernas fråga, som hon besvarat, men inte helt sanningsenligt. Hade de anat något, eller var det bara deras sätt att hantera en brottsundersökning? Att göra vittnen osäkra och kanske säga fel saker, som skulle bli till deras nackdel.

Din relation till Bertilsson

Helena kände ett stort behov av att träffa någon att prata med. Hon ringde till Kajsa, som var hennes bästa vän och den som hon känt längst. Kajsa lovade att komma en stund.

De hade känt varandra sedan skoltiden, både i grundskolan och senare på högstadiet. Ibland var de förälskade i samma kille, men blev aldrig ovänner, även om en av dem avgick med segern. Oftast varade förhållandet bara en kort tid, för att snart därpå bli kär i en annan. Kajsa var en sådan vän som lyssnade och frågade hur hon mådde, för att vänta på ett ärligt svar. Hon var uppriktig och lojal och fanns där, när man behövde prata.

Helena beundrade de som vågade skriva på sociala medier: "någon som vill komma på en fika hos mej"? Hon skulle vara livrädd för att inte få något svar. Förutom från Kajsa förstås.

Hon berättade allt för Kajsa, men behöll hemligheten om pengarna för sig själv. Även om hon litade på sin vän, var det inte läge att avslöja allt. Kajsa lyssnade och för Helena var det skönt att få släppa allt som tyngde och hon kände sig avslappnad i kroppen, andningen blev lättare.

Kvällsmörkret sänkte sig och ett uppfriskande regn hade redan bildat små vattenpölar på gården utanför. Vinden friskade i, det märktes att hösten var på väg.

De två väninnorna märkte inte att en blå Ford Mondeo sakta körde förbi på grusvägen.

54

Prick klockan elva infann hon sig på polisstationen. Holm och Modric var förhörsledare och Holm började med att småprata om inget särskilt en liten stund. Han hade ett brett ansikte och halvsänkta ögonlock, något hon inte hade observerat tidigare. Holm hade gjort fjällvandringar på semestrar och var intresserad av naturen, berättade han utan att hon förstod varför. Han gjorde henne nervös, fast han bara pratade om naturen.

Holm bad henne beskriva det första hon såg när hon kom in i Lars hus. Hon var torr i munnen och tungan släppte från gommen med ett klick, för varje svar. Hon berättade åter om hur hon gått in i Lars Bertilssons hus, sedan Börje blivit orolig för att något hänt. Några dagar tidigare hade hon gett kartongen med fiskeböcker till Lars, som hon visste var intresserad av fiske. Något nytt hade hon inte att säga. Hon brukade inte umgås med honom, bara bjudit honom på kaffe en gång, när han hjälpt henne med bilen. När hennes man levde hade de inga kontakter med honom alls.

" Men din man och hans bror Olle tycks ha umgåtts förr i tiden med Bertilsson."

" Det är inget jag vet, jag kände inte Martin då".

Holm och Modric tittade på varandra och efter en stunds tystnad sa Holm:

" Bertilsson vaknade upp en stund i natt och blev så pass klar, att vi kunde förhöra honom om överfallet. Han visste inte vem mannen som bröt sig in och misshandlade honom var. Lars Bertilsson ville tydligen lätta sitt hjärta och efter en stund berättade han att det var Olle Fredlund och han, som gjorde några båtstölder för ett antal år sedan. Halmstadspolisen håller på att kontrollera uppgifterna. Dessutom erkände han att de var skyldiga till en mans död, ett vittne som de trodde ville pressa dem på pengar. Mannen var Morten Munch Pedersen och far till Benny Pettersson, som hyr din stuga. Har du några kommentarer till det. Känner du Benny Pettersson sen tidigare"?

Helena kände sig ställd, men berättade till sist hur han svarat på hennes annons och ville hyra den. Hon kunde inte tillägga något mer och de var nöjda för stunden, men visade en order om husrannsakan i stugan och bad om nyckel.

" Lars Bertilsson dog för övrigt på sjukhuset strax efter bekännelsen och innan han dog nämnde han ditt namn. Vad kan han ha menat, tror du"?

Helena kände tårarna komma och blev helt bestört över att Lars var död. Han hade erkänt sina gärningar visserligen, men allt kändes så overkligt. Hon ville bara därifrån. Holm lät henne ta in vad han just sagt och ville inte stressa henne. Han räckte över en pappersnäsduk. Efter en stund, som kunde vara minuter, lugnade hon ner sig och mellan hulkningarna fick hon fram ett svar.

" Jag har inte den blekaste aning."

Förhöret var avslutat och de lät henne gå. Men först fick hon lämna uppgifter om Ludvig. Hon förstod att han också skulle förhöras. Helena lämnade polishuset helt tömd på kraft, benen darrade och hon kände sig yr. En polisbil svängde upp vid entrén och hon såg en person föras in i byggnaden. Hon kände genast igen honom. Det var Benny.

55

De närmaste dagarna gick hon omkring som i ett töcken. Det var som att leva i ett moln av svart skräck, i vetskap om att en mördare fanns därute. Hon sjukskrev sig resten av veckan, orkade inte ta sig till ett arbete.

Hon skakade i hela kroppen, där hon låg i sängen efter nattens oroliga sömn. Tårarna trängde fram i ögonen. Hon reste sig upp för snabbt, blev yr i huvudet och stapplade till dörren, gick ut i blåsten med hunden tassande efter. Såg bort mot den övergivna stugan och undrade när hon skulle få ro.

Pengarna, som nu var i säkert förvar i bankfacket, var roten till all denna ondska, var hon fullt medveten om. Samtidigt visste Helena att det var meningen att hon skulle behålla dem. Åtminstone Martins vilja. Men var det värt priset med all denna oro?

Efter frukosten gick hon bort till Siv och Börje. Hon var skyldig dem en redogörelse av de senaste nyheterna, innan de läste om det i tidningen. De såg bleka ut, även de märkta av oro för det råa våldet som kröp allt närmre, även hit ut till deras skogsidyll. Helena berättade allt hon visste om Lars död och hans erkännande för dem, men nämnde inte att hennes hyresgäst togs in till förhör.

" Då var ryktet sant", konstaterade Börje torrt.

Siv nickade till svar, även hon hade tydligen förstått att det kunde vara riktigt, men ville samtidigt aldrig döma människor i förväg. En bra egenskap, som hon fått lära sig av sina föräldrar.

" Vad händer nu med huset"? Börje tänkte redan på praktiska saker.

" Vi får väl se, Lars har visst en son i Stockholm, han bör väl vara på väg ner och ta hand om allt."

Helena såg oron hos det gamla paret. Siv gick omkring och plockade med olika saker, kunde inte riktigt koncentrera sig. Hon verkade vara i en egen bubbla och det var svårt att veta vad hon tänkte. Börje var mer samlad, men även han kände sig orolig och det grova ansiktet hade fått ett bekymrat utseende. Helena försökte prata om något annat, för att avleda tankarna på det hemska som hänt.

På hemvägen tänkte hon på Benny. Han hade vid något tillfälle berättat att han samlade material för en bok han skulle skriva. Var det bara ett svepskäl? Hon märkte att fantasin skenade iväg, men samtidigt föll en pusselbit in i mönstret.

Benny var son till den mördade Morten Munch Pedersen. Mannen som överfölls och dödades av Lars och Olle. Morten hade varit vittne till en av båtstölderna, men var han en utpressare? Hade Benny kommit på att Lars var den skyldige till mordet, hyrt stugan för att vara nära och vid rätt tillfälle vedergälla sin fars död, genom att brutalt slå ihjäl Lars? Tydligen misstänkte polisen det.

157

Helena våga knappt tänka på att en mördare kanske var hennes hyresgäst. Det var en kuslig känsla, som förstärktes ju mer hon fantiserade om hans verkliga motiv till att bo i en liten stuga i skogen.

Hon tog fram alla tidningsurklipp som hon lagt i en byrålåda. I en artikel beskrevs överfallet på Morten som bestialiskt. Det bekräftades att mannen vittnat vid ett tillfälle mot en av båtstölderna och hade pekat ut Olle Fredlund, som han vid det aktuella tillfället känt igen. Två veckor senare dödades Morten med flera slag i bakhuvudet och hittades dagen efter liggande på en grässlänt ner mot ån av några fritidsfiskare.

Benny hade alltså motiv till att döda Lars, men frågan var om han var villig att offra sin frihet, som skulle bytas ut mot ett långt fängelsestraff.

Ludvig kunde också antas ha ett motiv, men kanske något mer osäkert. Han hade visserligen pratat om att hans pappas död kanske inte var en olycka, fast polisen fastställt att det var så. Ludvig visste att Olle och Lars varit med om en del stölder och festande, något som han direkt anklagade Lars för. Som han såg det, hade Lars påverkat hans pappa till dåliga vanor, som Ludvig inte hade avstyrt, eller för den delen haft möjligheten att stoppa.

Men Helena tvivlade på att han nu, efter flera år skulle vilja utföra ett så drastiskt brott, med att döda en människa. Nu när han skaffat sig ett stabilt jobb, hade hus och sambo och kanske snart skulle bilda familj.

Helena märkte att tiden hade rusat iväg, hon hade suttit länge i sina funderingar och Abbot började bli otålig. Han pockade på uppmärksamhet och ville ut och göra sina behov.

Hon gick på grusvägen förbi Lars hus och höll sig till det område som var bebott. Ett fåtal hus med något hundratal meters mellanrum bildade någon form av bykänsla. Men i denna idyll hade ondskan slagit till helt oförberett och förvandlat de boende till osäkra och rädda personer.

När hon kom tillbaka såg Helena några tekniker plocka med sig saker från stugan.

56

Kommissarie Christer Ehlers strök tillbaka sitt tjocka svarta hår, som började få stänk av grått vid tinningarna. Det runda ansiktet hade antagit en klädsam solbränd färg, efter två veckors semester i Bohuslän. Han fäste ögonen på papperet han höll i de grova händerna och såg på den anhållne som satt framför sig.

Ehlers hade tre år kvar till pensionen och borde se fram mot den, efter många slitsamma år inom polisen. Han och hans fru hade ibland pratat om att skaffa en sommarstuga vid havet, för att efter deras pensionering ha något att njuta av och sysselsätta sig med. Han förstod att han skulle få det tråkigt i lägenheten i stan, speciellt på sommaren. Men allt prat hade runnit ut i sanden och de hade inte kommit till något beslut.

Det som kanske låg som ett hinder för alla funderingar på den dagen han inte skulle gå till arbetet längre, var nog tanken på hans far och farbror. De hade båda vid knappt sjuttio års ålder tagit sina liv efter djup depression, när de inte sett någon mening med livet längre. Christer hade ofta funderat på om det låg i generna och varit livrädd för att han också skulle drabbas av samma meningslöshet. Nu närmade sig pensionen med stormsteg. Han harklade sig och såg upp mot mannen framför sig.

" Du heter alltså Berndt Petterson, men kallar dig själv för Benny, är från Helsingborg och är fyrtionio år, är det riktigt"?

Benny hade suttit lugnt på stolen och studerat väggen bakom kommissarien, där tre tavlor föreställande tidigare polischefer hängde. På bordet fanns ett fotografi med barn, antagligen hans barnbarn. Han svarade på frågan, som egentligen var ett påstående.

Ehlers bläddrade i en del papper innan han fortsatte.

" Vi har uppgifter om att din far, Morten Munch Pedersen blev dödad i Laholm för fyra år sen, enligt polisen i Halmstad, som gjorde den utredningen. Troligtvis var de som utförde dådet, Olle Fredlund och Lars Bertilsson, som av någon okänd anledning skulle tysta Morten. Fredlund omkom strax därefter och nu har Bertilsson blivit mördad."

Benny skruvade sig på stolen och lyfte på ögonbrynen. Han visste inte att Lars var död, men ville inte visa några känslor inför budskapet. Ehlers studerade honom noga.

" Vi har tagit en del material i beslag i stugan du hyr av fru Fredlund, material som har med Bertilsson att göra. I din dator hittade vi en fil, med alla detaljer om honom och det verkar som om du detaljerat har dokumenterat honom under en tid. Vad har du att säga om det?"

Det gick inte att förneka filen i datorn och Benny försökte istället förklara att det var hans skyldighet att försöka lösa mordet på sin far, när inte polisen lyckats med det på flera

161

år. Han hade tagit det som sin uppgift att få en förklaring till det råa våldet och kommit gärningsmännen på spåren, efter mycket sökande. Han hade bestämt sig för att få Lars att erkänna och anmäla sig till polisen, vid lämpligt tillfälle.

" Var det därför du hyrde stugan, för att besöka Bertilsson och döda honom?"

" Jag har inte dödat någon, har inte ens haft kontakt eller pratat med honom. Den kvällen som överfallet skedde, var jag hemma i Helsingborg hos några vänner. Dessutom hyr jag stugan för att skriva en bok."

" Du har uppgett vännernas namn och vi har kontrollerat att de uppgifterna stämmer. Du gick enligt dem hem vid elvatiden på kvällen, så du hade möjlighet att ta dig ut till Bertilssons hus efter det."

Benny förstod hur dåligt eller obefintligt hans alibi var och kände att det var mycket besvärande för honom. Men han hade en möjlighet att rentvå sig.

" Min bil var på reparation under hela lördagen, en vän till mig skulle fixa den och ha den klar på måndag morgon." Benny förtydligade att avgasröret behövde bytas.

" Det låter som en efterhandskonstruktion, jag vill ha namn på personen och företaget."

Benny gjorde som han blev tillsagd och fick till sin besvikelse stanna kvar i häktet. Ehlers tyckte själv att utredningen hade kommit en bra bit på vägen.

162

57

Det var en gråmulen, blåsig septembermorgon vid havet. En flock fiskmåsar kämpade i vinden, kretsade ovanför deras huvuden och skrek ilsket mot dem. Turistsäsongen var definitivt över, det var bara de som gjorde fotspår i sanden.

Ludvig behövde fundera och gick tyst bredvid sin flickvän. Hon hade lärt sig att när han var sådär tyst, var det något som han funderade över. Han hade varit förhörd angående lördagskvällen och som tur var hade han alibi för hela helgen. De hade besökt Västerås och föräldrarna till Louise och inte återvänt förrän på söndagskvällen. De hade varit ovetande om vad som hänt Lars Bertilsson.

Inte förrän de läste om det i tidningen, gick det upp för Ludvig, att någon tagit saken i egna händer och överfallit Lars. Nu var han död och Ludvig kände en motstridig tillfredsställelse. Han kände inte längre plikten att ta strid och konfrontera Lars om sanningen om sin pappas död, men samtidigt förbannade han sig själv, för att han inte gjort det tidigare.

Några solstrålar kikade ner genom springorna i det grå molntäcket, vinden tilltog och de vek av mot sanddynerna. De satte sig på en bänk i skydd mot vinden. Solen gjorde tappra försök att bryta igenom molnen, men det blev bara några sporadiska ljusglimtar.

Ludvig hade tidigare visat alla platser i Mellbystrand, där han växt upp, skolan, fotbollsplanen, kiosken där han hängde med kompisarna och den härliga badstranden. Nu var han tillbaka i sitt föräldrahem och hoppades på att bilda familj där med Louise. Han såg på henne, där hon satt på bänken bredvid honom. Vinden rufsade till hennes bruna hår, hon kröp närmre och tog hans hand i sin. Hon var allvarlig, men han visste att hon inte hade långt till ett leende, ett leende som han blev förälskad ifrån första stund, när de träffades på en fest hos kompisar.

" Vad tänker du på"? Louise försökte nå fram till hans tankar. Nu när de kommit i lä för vinden var det lättare att prata.

" Jag tänker på olyckan med pappas båtscooter, det var något underligt med den. Polisen antog att det var en olycka, men jag är inte säker på det. Nu går det inte längre att utreda fallet, när hans kompis Lars Bertilsson är död."

" Men varför tror du inte att det var en olycka"?

" Man har aldrig hittat hans kropp."

Han var tyst en lång stund innan han fortsatte:

" Jag hittade ett brev för en vecka sen, ett brev som pappa skrivit till mig, där han bad om ursäkt för att han inte var den pappa han borde ha varit."

Louise märkte att Ludvig fick tårar i ögonen, men hon ville veta mer.

" Stod det något mer i brevet"?

Ludvig kämpade med tårarna och torkade bort dem med handens ovansida.

" Det är så konstigt, han skrev att vi kanske en dag skulle förstå varandra. Som om vi skall träffas igen i framtiden. Jag har funderat på orden och tror inte att han är död."

" Va, vad säger du, tror du han lever? Var är han då, han kan väl inte bara gå upp i rök"?

" Nej, det förstår jag. Det är bara en känsla jag har, men ju mer jag grubblar, så tror jag att olyckan var arrangerad. Att den skulle se ut som självmord, men att han i verkligheten lever och finns någonstans. "

Louise var bekymrad och försökte komma med argument mot det han just sa, men Ludvig gav sig inte.

" Jag har läst brevet flera gånger, rad för rad och sett meningen bakom orden. Det, tillsammans med att kroppen aldrig flutit iland eller hittats, gör att jag nu är ganska säker på min sak."

58

Efter helgen och sjukskrivningen kände sig Helena bättre och kunde börja arbeta igen. Arbetskamraterna visste vad hon gått igenom, rykten spred sig snabbt och de undvek att fråga för mycket.

Hon stannade kvar till lunchen och hjälpte sin mamma med att äta stekt spätta med potatis och sås. Den rätten var tydligen inte hennes favoritmat, men lite mer än hälften gick ner. Mamman hade blivit något bättre tyckte Helena, kanske hade hon fått rätt medicinering mot sin demens. Peters mamma Signe var tillbaka efter sin sjukhusvistelse, men såg blek och avmagrad ut. Helena avstod från att fråga hur hon mådde, med risk för en lång utläggning om hennes tillstånd och krämpor.

Helena var tillbaka i de vanliga rutinerna igen, sommaren var definitivt slut, men hösten skulle säkert bjuda på många sköna dagar. Hon funderade på att måla fönsterna, som var i stort behov av en omgång färg. Hon gjorde en lista över vad som behövde göras och antecknade det hon skulle inhandla. Helena var fast besluten om att stänga av sin oro och trötta ut sig med arbete på huset istället.

Ludvig hade ringt om bilen, som fortfarande stod på gårdsplanen och väntade på sin nye ägare. Sent på eftermiddagen kom han och Louise för att hämta den. De gjorde upp affären och Helena bjöd på en lätt sallad med kyckling och ett gott bröd från Caféet i Munka Ljungby.

De pratade förstås om mordet på Lars och både Ludvig och Helena redogjorde för sina förhör hos polisen. Överfallet betecknades som ett rånmord, kunde man läsa i den lokala tidningen. I Lars Bertilssons bostad saknades plånboken med kreditkort, i övrigt tycktes inget vara stulet. Sonen som kommit ner från Stockholm, hade inte varit i sin fars hus på länge och kunde inte upptäcka något annat än någon demolerad stol och omkullvräkta saker i vardagsrummet.

Plötsligt blev Ludvig väldigt allvarlig och tycktes med en gång frånvarande, vilket förbryllade Helena. Det var som om han slöt sig i ett skal, för att skydda sig mot faror. Helena såg på Louise, som också märkte förändringen. Det var något han funderade på och efter en stund såg han på dem igen och det han sa fick Helena att rysa till, hårbottnen knottrade sig och hon gapade stort.

" Jag tror att min pappa lever"!

59

När Christina första gången var i London, blev hon genast förtjust i staden, nästan överväldigad av allt som fanns inom räckhåll. Butiker, parker, trevliga pubar och mysig miljö, som hon inte var van vid där hemma.

Men nu hade hon börjat omvärdera allt. Kanske berodde det på brytningen med Steven, sökandet efter en dräglig bostad och oro för jobbet. När hon såg sig om i stan, var det med helt nya ögon och hon blev själv överraskad.

Nere i tunnelbanan klämde man in sig i de trånga tågen, där passagerarna satt eller stod i sina egna isolerade bubblor, uppslukade i sin egen värld och tycktes inte medvetna om de svettiga mängder av människor, som var deras ressällskap i de mörka tunnlarna. Ute blinkade de mot solskenet, eller fällde upp paraplyerna för att rusa fram på trottoarerna, längs gator med enorm trafik, bussar och bilar, som spydde ut giftiga avgaser.

Men samtidigt fanns det oaser i staden, Hyde Park, Regent Park med flera, gröna lummiga ställen att slå sig ner på en bänk i, eller ta en picknick på gräsytorna. Sohodistriktet med sina teatrar och restauranger var mysigt.

Christina gick av vid St.Pauls station, tog trapporna upp ur underjorden, till Cheapside, sneglade mot Katedralen med sitt runda torn till höger, sneddade bort mot Themsen som skymtade längre bort. Vid Queen Victoria Street korsade hon den breda gatan, såg den ståtliga Tower Bridge och var framme på sin arbetsplats fem minuter i nio. Hon tog hissen upp till åttonde våningen.

Christina var väl medveten om att hon ärvt sin pappas intellekt och alltid varit hans ögonsten. Han hade hjälpt henne till denna anställning, efter hennes studietid hemma i Sverige. Hon hade tagit hans parti när föräldrarna bråkade och så småningom separerade, för att själv flytta hemifrån med honom. Hon hade inte förrän nu förstått vad hennes mamma hade gått igenom, sin mans otrohet under affärsresor till London och sin dotters smått upproriska tonårstid, då hon vräkt ur sig hemska saker till mamman. Utan självömkan hade hennes mamma tålmodigt funnits där för henne, hjälpt och stöttat, utan att få annat än skit själv.

På senare år hade de närmat sig varandra, men riktig försoning hade inte skett. Kanske var det dags för henne att be om förlåtelse och bli vän med sin mamma. Visserligen var hon hemma när hon gifte sig med Martin, men hade inte kunnat vara ledig vid hans begravning. Det gick upp för Christina allt vad mamman gick igenom där hemma i sin ensamhet och fick stora skuldkänslor för att hon inte var närvarande. Martins död, mormors sjukdom och så nu ett mord i närheten. Men Helena hade aldrig beklagat sig.

Hon hade mammas ögon och kroppsform, men munnen med de smala läpparna var pappas. Hennes hår hade en tråkig råttfärgad nyans mellan mörkblont och brunt, men varken det ena eller det andra. Egentligen tyckte hon inte själv att hon var vacker, utan mer alldaglig och var nöjd med det. En del pojkvänner hade hon haft under åren och trodde att det skulle bli en bra relation med Steven. Men han hade tröttnat på hennes tjat om barn, ville vara fri sa han och drog. För två dagar sedan såg hon honom med en annan kvinna, när hon besökte Harrods varuhus.

Hon såg ut över staden, som vaknat till liv. På andra sidan Themsen, vid de nyare skyskraporna såg hon London Eye. Ett skyfall fick turister på väg till Towern att söka skydd för regnet. Hon återvände till sitt arbete och försökte koncentrera sig. Christina hade jobbat där i *The City* några år och trivts med det, men någonstans inom sig kände hon förändringens vindar.

60

Det kändes om möjligt ännu konstigare att få skjuts hem av polis, än det kändes att föras bort som misstänkt för mord. Att de släppt honom behövde inte betyda att de trodde på hans oskuld, så det var för tidigt att andas ut. Benny förstod att de inte kunde bevisa hans skuld, vilket var positivt. Men han var förbjuden att lämna landet, passet hade de tagit hand om och han kunde förvänta sig att kallas till nya förhör.

Bilen stod fortfarande kvar på verkstaden, han hade inte hunnit hämta den eftersom det kom annat emellan. Han ringde dit och kom med en nödlögn, men bestämde tid för att hämta bilen. Livet fortsatte sin vanliga lunk i staden. Färjorna gick i skytteltrafik mellan Sverige och Danmark, många utländska turister skulle hemåt igen efter semestern och många danskar reste över sundet för att utnyttja den svenska kronkursen. Allting tycktes vara som vanligt, ingen visste om att han varit häktad i flera dygn, misstänkt för mord.

Han visste inte om han var välkommen till stugan, efter allt som hänt där, han hade ännu inte ringt till Helena. Den dagen han anlände till polishuset hade han skymtat henne som hastigast och förstod att hon lämnat sin redogörelse. Hon hade sneglat mot honom, men snabbt tittat bort. Han packade några rena kläder och hämtade bilen.

När han kom fram till stugan i skogen, såg han genast att Helena stod i fönstret och iakttog honom. Hon måste ha en inbyggd radar, som visar när någon närmar sig tänkte han, när han klev av bilen och kastade en blick åt hennes håll. Hon drog sig åt sidan för att inte synas.

Stugan var en enda röra, efter polisernas genomsökning. Han stod en stund med ryggen mot dörren och bara såg ut över rummet, som liknade en strand med vrakgods, som spolats iland. Han fick ett behov av att städa upp och återföra en viss ordning, fast han inte visste om han skulle stanna kvar där. Datorn var fortfarande i beslag, så det gick inte att skriva något i boken han höll på med. Det retade honom och blev så frustrerad att han slog näven i väggen, vilket bara ledde till ömma knogar. Han viftade med handen, medan han förbannade smärtan och sin dumhet.

Benny såg att Helena gick ut med hunden och gjorde inte någon ansats att komma över och prata. Han förstod henne, hon trodde väl som polisen att han var en farlig man, kapabel till överfall och mord. Han förberedde sig på att lämna stugan, fast han hade en vecka kvar av tiden han betalat för. Kylskåpet gapade tomt så när som på ett paket gammal mjölk, möglig ost och en rutten gurka. Han hade glömt att handla hem mat, men hittade en fryst pizza i frysfacket. Den fick duga för kvällen, morgondagen hade han inte ork att fundera på.

Nattens mörker vilade tungt över skogen, tätt som en filt och tystnaden var påtaglig. Han hade öppnat ett fönster på glänt, för att få in lite av den friska skogsdoften, men sömnen ville inte infinna sig. Några tillfälliga månstrålar lyckades leta sig ner genom det tjocka lövverket i det för övrigt så kompakta mörkret och lysa in runt kanterna av den urtvättade gardinen. Han tänkte på Helena.

Efter pizzan, som inte smakade vidare bra, hade han gått över till henne. Motvilligt hade hon släppt in honom och visade med sin attityd att han egentligen inte var välkommen. Men efter en stund hade hon mjuknat, när han bad att få förklara sig. Hon förekom honom med att fråga varför han egentligen hade hyrt stugan.

" Om du har tid, så skall jag förklara allt för dej. Sen får du dra dina egna slutsatser och bestämma dig för om du skall tro på det jag säger, eller ber mig dra åt helvete."

Hon nickade stumt och väntade.

När han var färdig med sin berättelse, hade hon tårar i ögonen. Lugnt och sakligt hade han berättat sanningen om mordet på sin far, sökandet av information, för att få vetskap om vem som dödade honom och varför. När han till sist visste att Lars Bertilsson var inblandad, blev han villrådig och vågade inte konfrontera Lars, avvaktade och tänkte gå till polisen med sina uppgifter. Men så kom mordet på Lars och ställde allt på sin spets. Han förstod då att polisen inte skulle tro på hans uppgifter och hann inte ta bort dem från datorn.

Hon hade gett honom en kram, innan han gick till stugan.

" Betyder det att jag får bo kvar"? Helena hade nickat till svar.

173

61

Benny vaknade med ett ryck. Han kunde inte orientera sig först, men efter några sekunder klarnade det. Tröttheten hade gjort att han till sist somnat och med en blick på mobilens display, som visade på 07.45, fick han vara nöjd med fyra timmars sömn. Det var ett ljud utanför som väckt honom och han såg ut genom fönstret. Det hade börjat ljusna, men solen hade ännu inte stigit över trädens toppar. Fåglarna sjöng och han kände sig för första gången på länge nöjd med tillvaron.

Helena kom ut från hönsgården med några ägg i en skål.

" Det bästa med höns är, att man kan få pinfärska ägg till frukost," sa hon när hon såg hans yrvakna ansikte.

" Väckte jag dig, förresten"?

" Nej då, jag låg bara och funderade en stund," ljög han och anade att hon inte trodde på honom.

" Frukost om en halvtimme, om du har lust."

Det hade han, medveten om att han inte kunde trolla fram något själv, innan han handlat. Medan han tog en hastig dusch, tänkte han på gårdagskvällen och deras samtal. Hon hade varit förstående och trott på hans berättelse. Han kunde minnas doften från henne, när han fick en kram, full av värme och medkänsla. Hennes mjuka kropp som för en kort stund nuddat hans, fick honom att nästan att tappa fattningen. Det var så längesedan han hållit en kvinna i sin famn, han hade förträngt hur det kändes, men i går kväll fanns en åtrå, som han inte känt på länge. Men ju mer han tänkte på det, var det nog bara stundens ingivelse som hade påverkat henne till kramen, så han skulle inte förvänta sig för mycket.

" Jobbar du inte idag"? sa han medan han glupskt åt sin omelett.

" Jag har bytt till eftermiddag med en annan anställd, som behövde gå till tandläkaren."

De åt under tystnad en stund, han tackade för inbjudan till frukosten och avslöjade att han inte hade handlat hem någon mat, eftersom han inte visste om han skulle stanna.

" Tänkte nog det", sa hon som en självklarhet och han undrade om hon hade ett sjätte sinne också.

" När får du tillbaka din dator?" frågade hon.

" Ingen aning, de hör väl av sig."

Helena var nyfiken och undrade vad han skrev om och han ställde ner sin mugg med kaffe och berättade om sin föresats att skriva en bok, en roman med delvis historisk bakgrund och med en anknytning till trakterna kring Rössjöholm. Snapphanar skulle också ingå i den historiska delen, för att härleda till händelserna i boken, längre fram i tiden.

Helena var som uppslukad av hans engagemang med att berätta och var en god lyssnare.

" Varför är du intresserad av Snapphanarna"?

Benny berättade om den konfliktfyllda tiden i den skånska historien, Skåne var ju danskt, men den svenske kungen ville att landskapet skulle tillhöra Sverige. Så dessa stråtrövare gjorde vad de kunde för att sätta sig till motvärn och lyckades många gånger reta upp den svenske kungen, med sina överfall på soldater. De hade ett gömställe i närheten och intog faktiskt Rössjöholms gods, som på den tiden låg på en holme i sjön. Men svenskarna raserade borgen och besegrade Snapphanarna så småningom och Skåne blev svenskt.

" Jag är ju halvdansk, så jag har väl den historien i blodet", sa han och skrattade.

Helena kände delvis till historien från skoltiden och hade nyligen besökt *Snapphanestallarna,* inte långt från hennes hus, men visste inte att det funnits en borg på en ö ute i Rössjön. Hon hade hört om Frans G Bengtsson, en svensk författare som skrivit en berömd roman om vikingatiden och som hade bott i närheten.

" Det stämmer bra, du är påläst, *Röde Orm* heter den. Den byggnaden som idag är godset byggdes 1731 och Frans far var förvaltare på gården när han föddes, jag tror det var cirka nittonhundra. De bodde på gården Ramnekulla."

Helena hade kunnat sitta längre och lyssna på honom. men ville snart gå ut med Abbot.

Han hade tålmodigt legat och sneglat på dem och ibland lyft på huvudet, som om han förstod berättelsen. Hon dukade av och Benny gjorde sig beredd att gå.

" Du kom hit en dag och ville prata om Olle, kommer du ihåg? "

" Ja, egentligen var det hela den historien, som jag pratade om igår kväll, om min far och Lars. Men Olle, din mans bror var också inblandad på något sätt i båtstölder och annat. Man vet inte med säkerhet vem av dem som dödade min far och Olle förolyckades tydligen strax efter, under mystiska omständigheter."

" Dessutom hittade man inte hans kropp," fyllde hon i.

Benny hade hört det och nickade till svar. Hon berättade att Olles son Ludvig, hade köpt hennes gamla bil.

" Han tror att hans pappa lever!"

Tystnaden var påtaglig i köket, bara ett svagt sus från träden utanför kunde anas. Båda tänkte med en gång samma sak.

" Tänk om det är Olle som dödat Lars", sa Benny.

En isande känsla for genom Helena, hon blev mållös och funderade på nästa fråga hon i så fall måste ställa sig.

Tänk om Olle vill hämta pengarna. Vad hade de båda bröderna för överenskommelse, som jag inte känner till?

En tyngd sänkte sig i rummet, men hon låtsades inte om den plötsliga känslan av obehag. Funderingarna fick inga

177

svar och Benny gick till stugan, medan Helena rastade hunden med en timmes rask skogspromenad. Det syntes inte till någon vid Lars hus, de blåvita banden var fortfarande kvar och svajade i den byiga vinden. Hon hade inte hört något om begravningen och visste inte om hon skulle kunna närvara. Det var med kluvna känslor, visserligen var han en granne, men han hade bevisligen gjort inbrott hos henne och var antagligen också en mördare. På omvägar hade hon hört att sonen kommit från Stockholm, men inte tagit kontakt med någon av grannarna.

Helena drog upp kapuschongen på jackan, som om den kunde ge henne något skydd för oron, sneglade mot Sivs och Börjes hus men såg inte någon av dem.

Mobilen ringde när hon var på väg tillbaka från skogen. Träden hade ännu inte börjat skifta i färg, några nätters uppfriskande regn fördröjde klorofyllets nedbrytning av bladen och man kunde räkna med en skön sensommar några veckor till. Snart nog skulle hösten infinna sig med budskap om en mer ostadig period, med soldagar varvade med regn och rusk.

Jag måste snart börja med målningsarbetet, tänkte hon medan hon fiskade upp mobilen ur fickan. Det hörde inte till vanligheterna att Christina ringde och absolut inte på förmiddagen. Helena räknade ut att klockan var strax före elva i London.

" Hej mamma, tänkte bara höra om det går bra att komma hem och bo hos dig några dagar"?

178

" Men det är klart du kan gumman, har du semester"?

" Jag har många övertidstimmar, så det räcker till en vecka och lite till. Jag messar dig när jag fixat flyget, antagligen blir det någon dag i nästa vecka. Är det ok"?

De pratade en stund och Christina förklarade att hon sökt ett jobb som ekonom på ett stort företag i Göteborg och blivit kallad till intervju. Hon var färdig med London och ville tillbaka till Sverige. Helena tyckte naturligtvis det var trevligt att få hem henne och de avslutade samtalet.

Helena blev överraskad över dotterns beslut att söka sig tillbaka, nyss tycktes hon vara så etablerad i London och räknade med en karriär i storstaden.

Hon skyndade sig iväg till eftermiddagens arbete och kom lagom till lunchen. Hon såg sin mamma sitta vid bordet och äta. Det gjorde ont i henne att se hur de flesta satt där i sin desorienterade ensamhet, inåtvända av oro och ångest, väntande på något. Helena skyndade fram till henne och strök henne lätt på ryggen, utan att veta om mamman kände igen henne.

" Jag kan hjälpa dig till rummet, när du ätit färdigt."

" Är du ny här"?

Helena suckade och hade inget bra svar att ge.

62

De senaste dagarnas utredningsarbete tyckte ha gått i stå, det fanns inget nytt, som kunde ge klarhet i mordet på Lars Bertilsson. Ludvig Fredlund var avfärdad från misstankar och hade dessutom alibi för den aktuella natten. Helena hade varit på fest under kvällen och skulle mycket väl vara den som gett sig på offret, men det skulle vara svårt att få fram några bevis. Kopplingen till Bertilsson var endast genom hennes mans bror Olle Fredlund, som visserligen aldrig hittats, men hade dödförklarats för två år sedan.

Poliskommissarie Ehlers tyckte att det var långsökt egentligen, men Olle kunde mycket väl ha arrangerat sin egen död och återvänt för att av okänd anledning döda sin medbrottsling vid båtstölder och mordet på Morten för tre år sedan. Han kunde inte släppa tanken.

Benny Pettersson hade suttit häktad som misstänkt några dagar, men måste släppas i brist på bevis. Hämnd skulle kunna vara motivet om han var den skyldige, men ett vagt, men ändå troligt alibi gjorde att han nog fick strykas från listan. Han hade fått tillbaka sin dator, som dock innehöll svårförklarade filer om Bertilsson. Många frågetecken fanns kvar att reda ut och för tillfället kom man ingen vart.

Men så hittade teknikerna nya fingeravtryck i Bertilssons hus och började köra dem i sitt brottsregister.

63

På fredagskvällen blev det mest slötittande på TV efter maten. Abbot var också trött efter att ha rusat runt på gården och jagat skator, som retade upp honom med sitt kraxande. Helena skrattade åt hans piruetter, när han snurrade runt som en överårig balettdansös.

Rapport innehöll det gamla vanliga, fyrtio döda vid ett sprängattentat i Irak, handelskriget mellan USA och Kina. Pojkar räddade ur grotta i Thailand och det eviga käbblet mellan partiledarna inför höstens val. Hon stängde av i väntan på filmen hon tänkt att se senare och satte sig vid datorn.

Hon sökte på vad som framkommit om mordet på Lars, men tydligen hade polisen varit återhållsam med uppgifter och inget nytt fanns att tillgå. Sökningar på Olle Fredlund gav heller inga nyheter för henne, förutom det hon redan visste. Allt såg ut som ett självmord, i hans bil återfanns plånbok med några få sedlar, mobilen och nycklar till huset. Men kroppen hittades aldrig.

En tanke slog henne plötsligt att det inte fanns uppgifter om hans pass, om han nu hade något. Lars hade bestämt nämnt för henne att de varit i Polen tillsammans vid något tillfälle, så det var högst troligt att han hade ett. Hon undrade om polisen tänkt i de banorna, eller bara för enkelhetens skull antagit att han omkommit i olyckan och att kroppen skulle flyta upp förr eller senare.

Men eftersom den aldrig gjorde det, borde man ha funderat vidare. Helena visste att polisens resurser var begränsade, men bestämde sig för att höra med Holm, nästa vardag. Helena kände sig som en privatdetektiv, en utredare som samlade in uppgifter och gav dem vidare till polisen.

Filmen var inte så bra som hon trott, så Helena gick tidigt till sängs, men hade svårt att få ro. Hon kände mellan madrasserna i dubbelsängen att kniven låg där, som en säkerhet om en inkräktare skulle komma. Inbrottet hade gjort henne försiktig och vaksam på allt och kniven hade hon nu som ett redskap att försvara sig med.

Skönt att Christina kommer hem några dagar, tänkte hon. Hon behövde någon som undanröjde ensamheten i huset, någon att prata och skratta med, någon som kunde skingra dystra tankar och demoner som ibland plågade henne. Åtminstone för en vecka.

Helena låg i sängen med rullgardinen uppe och såg på stjärnorna på himmeln, som hon gjort så många gånger som barn. Det var samma himmel, samma stjärnor men tiderna hade förändrats och hon hade nya funderingar nu. Saker att oroa sig för.

Hon tänkte på allt farligt som fanns därute, undrade hur det skulle gå för planeten och människorna. Hon oroade sig för kärnvapnen i Nordkorea, barn som svalt och for illa, kvinnor som misshandlades, giftskandaler, mammans demenssjukdom och att solrosorna hon sådde på vårkanten i trädgårdslandet aldrig tycktes blomma. Hon funderade också över vem som hade satt en blombukett på Martins grav.

Helena vaknade tidigt efter en drömlös natt och kände sig utsövd. Hon släppte ut Abbot på gården medan hon gjorde iordning sin frukost. Idag fick det bli yoghurt, macka och kaffe. Först hade hon tankar på att bjuda in Benny, men ändrade sig direkt. Det fick inte bli alltför ofta, även om hon tyckte han var trevlig att lyssna på och lätt att umgås med. När han förklarat sin avsikt att skriva en bok medan han hyrde stugan, växte hennes tilltro till honom betydligt. Misstänksamheten hade klingat av.

Verktyg, penslar och sandpapper var på plats, det var bara att sätta igång. Att det var viktigt med underarbetet hade hon klart för sig, något hon lärt av sin pappa, när hon vid något tillfälle hjälpt honom att måla. Därför tvättade hon först med målartvätt, skrapade bort gammal färg som lossnade och slipade med sandpapper. När hon kommit så långt med tre fönster, förstod hon att det skulle ta tid att måla alla under hösten. Hon vågade ännu inte lägga upp en plan, utan fick ta det som det kom.

När hon börjat måla det första fönstret, anade hon en skugga bakom sig. Hon hade inte hört någon komma och ryckte till och höll på att tappa färgburken. Hon svängde runt och fick se Benny stå där, med ett frågande ansikte.

" Vill du ha hjälp"?

" Oh, vad du skrämde mig, du får inte smyga fram sådär."

Han pekade på hennes hörlurar från mobilen.

" Det kan kanske vara skönt att stänga ute världen medan man lyssnar på musik, men man har ingen koll bakåt."

Helena gillade inte att han mästrade henne, men förstod ganska snabbt att han hade rätt och drog lurarna ur öronen.

" Vill du ha hjälp", upprepade han.

Helena kände sig tacksam över att någon ställde upp och erbjöd sina tjänster, så hon var inte sen att tacka ja. Det visade sig snart att han hade färdigheter som överträffade hennes, när han med fast hand drog moddlaren längs de smala listerna, utan att kleta på fönstret. Hon var mer försiktig och ville gärna använda maskeringstejp.

När två fönster var klara gick Helena och bryggde kaffe och tog fram frallor ur frysen, medan Benny fortsatte måla. Hon kände en ren glädje över att han hjälpte henne, men även en slags lyckokänsla av att ha honom som vän, något hon inte kunnat föreställa sig för en månad sedan. Snart var hans hyresperiod över och han skulle försvinna ur hennes liv.

" Jag har tänkt på teorin om att Olle kanske lever" sade Helena, när de satt vid trädgårdsbordet med sitt kaffe och berättade att hon tänkt ta kontakt med den som utredde olyckan med scootern.

" Då skall du prata med Poliskommissarie Axel Banch, du kan få telefonnumret till honom, eller ring Ehlers."

På grusvägen utanför huset körde en bil sakta förbi, en bil som Helena inte kände igen. Det var ingen av grannarna längre bort, hon hade lärt sig känna igen deras bilmärken. Antagligen var det någon som var på en lördagsutflykt i det sköna septembervädret.

De hann med ett fönster till på eftermiddagen, sen bestämde solen att det var omöjligt att fortsätta. Helena trivdes i hans sällskap, det fanns en tillit och lugn hos Benny, som behagade henne.

Det var därför inte så märkvärdigt, när hon bjöd in honom på middag under kvällen. Han var inte sen att tacka ja till erbjudandet och kom med en vinflaska på utsatt tid. Han fixade en sallad till kycklingrätten som den naturligaste sak i världen, som om de alltid hade gjort detta under alla år de varit tillsammans. Skillnaden var förstås, att han var hennes hyresgäst.

Helena bryggde kaffe efter maten och de satte sig i soffan. Hon tog fram några fotoalbum och visade honom bilder som Martin tagit vid olika tillfällen, bland annat foton på sin bror Olle, men även på Lars.

" Du har inte berättat mycket om dig själv eller om dina föräldrar. Var ni fler syskon i hemmet"?

Benny tycktes fundera, som om det var ett känsligt ämne. Som om han ville dölja något. Men hon ville inte pressa honom."

Nej, det var bara vi tre. Har du några syskon själv"?

Den snabba frågan överraskade henne.

" Nej, tyvärr inte. Jag saknar ibland en syster att anförtro mig åt, kunna prata om allt, särskilt nu när min mor är sjuk.

De satt tätt tillsammans och hon kände närheten och doften av honom, när deras knän plötsligt nuddade vid varandra. Hon visste inte om det var en tillfällighet, men ingen av dem låtsades om det. Hon blev varm i kroppen och drog sig undan en aning, för att få kontroll över sina känslor. Hon sneglade på Benny, som inte tycktes ha märkt något. Helena gick på toaletten, baddade ansiktet i kallt vatten och såg sig i spegeln.

Vad håller du på med? Du är ingen tonåring längre.

Spegeln hade inga råd att ge henne. Men avbrottet hade fått henne att se allting klart igen. Han var en trevlig vän, men det måste stanna vid det. Det gick inte an, att låta lusten till ett snabbt ligg orsaka en ångerfull känsla nästa dag. En annan gång kanske, längre fram i tiden, när hon var redo. För Martin fanns kvar i minnet. Hon fanns kvar i livet.

Benny tycktes också förstå budskapet när hon kom tillbaka till rummet. De skiljdes åt med en lätt kram och han gick ut i den svala septemberkvällen, bort mot stugan.

64

Nästa dag ringde Christina och talade om att planet från London skulle landa vid lunchtid på tisdagen.

" Har du tid och lust att hämta mig i Helsingborg? Tåget skall vara framme där 14.40."

" Det är klart jag hämtar dig, men det där med tågtider är osäkert. Du anar inte hur många tågförseningar det har varit på sistone. Folk är rasande på Skånetrafiken, för människor hinner inte till jobben på morgnarna på grund av förseningar och tågstopp för allt mellan himmel och jord."

" Oj då, det låter besvärligt, men jag messar dig i god tid, om det skulle strula. Det skall bli skönt att komma hem några dagar."

Helena höll med förstås, det var längesen de sågs och hon ville höra allt om dotterns planer för framtiden. Kanske de äntligen kunde förbättra relationen mellan dem, efter perioder av kaos under tonårstiden. Helena hade funnits där och sett dotterns uppror och besvikelse på föräldrarna, som inte kunde vara sams. Hon hade förstått henne, men inte kunnat nå fram till henne med förklaringar. När Christina flyttade till London i samband med skilsmässan med David, kände Helena sig alldeles tömd på kraft, dumpad som en utsliten trasa, slängd i slaskhinken.

Hon hade velat berätta för sin dotter hur ledsen känt sig, med en trotsig tonåring hemma och en man som ofta var på affärsresor. När David kom hem var han trött och måste sova ut, som han uttryckte det. Hon gick alltid upp och ordnade fram en god frukost åt dem.

Men han såg henne inte ens då. Han skyfflade in, tog tidningen och lät henne sitta där och glo in i trycksvärtan. Det skramlade av ensamhet och bästa porslinet, när hon dukade av bordet.

I efterhand förstod hon, att han hade dåligt samvete, när hon fått honom att bekänna sin otrohet med en kvinna under sina besök i London. Allt det hade hon velat berätta för dottern, men de nådde inte fram till varandra. Oftast var hon inte hemma, utan sov över hos en kompis, när de varit på fest. Helena drog sig för att låta dottern få skuldkänslor för sitt odrägliga beteende.

Hon ryckte till av att det knackade på dörren. Utanför stod Benny och undrade om hon ville följa med på en promenad i det sköna höstvädret. Helena log och frågade Abbot vad han tyckte, vilket visade sig vara en onödig fråga.

När de gick förbi Lars hus, såg de en bil och en ung man, som de antog var sonen. Polistejpen var borta.

Efter en lång promenad bort mot Rössjön och den vanliga slingan i skogen, där de lät hunden springa före, dukade Helena fram kaffe och kanelbullar.

65

Poliskommissarie Ehlers tog emot samtalet från Helena, som först kort redogjorde vem hon var. Därefter försökte hon på ett enkelt sätt tala om sina teorier, om att Olle Fredlund skulle kunna vara i livet och inte omkommen i olyckan för fyra år sedan.

Christer Ehlers blev minst sagt förvånad över samtalet och ville först avfärda henne som en förvirrad kvinna och tänkte avsluta det. Det kunde ibland hända att någon hörde av sig och ville lösa ett brottsfall, eller att någon tog på sig skulden för ett brott, som den inte begått. Men ju mer han lyssnade, desto mer intresserad blev han.

" Vad får dig att tro att Fredlund lever"?

Helena märkte att han lyssnade och fortsatte.

" Kroppen hittades aldrig, den kan visserligen ligga på havsbottnen, men dykare hade sökt har jag förstått. Han kan ju helt enkelt ha fingerat sitt eget självmord och därefter bosatt sig på annan ort, eller flytt ut ur landet. Har ni förresten kollat om hans pass fanns i huset"?

Kommissarien blev helt ställd över hennes iver att utreda Fredlunds försvinnande.

" Varför är du så mån om att det klaras upp"?

" Jag kan mycket väl tänka mig att allt hänger ihop.

Båtstölderna, mordet på Morten, Bennys far alltså och nu Lars Bertilssons död. Jag tror inte att Olle dödat Lars, utan tror att det finns någon annan därute, som ni måste få tag på snarast möjligt."

" Jag tackar för all information, men kan naturligtvis inte kommentera den. Men jag kan säga så mycket att vi har nya spår från Bertilssons hus och de håller vi på att spåra."

Samtalet var över och Helena ångrade sig genast att hon ringt upp honom. Antagligen skulle han ignorera henne totalt och glömma deras samtal. Hon hade inte tänkt på följderna, om de skulle göra några ansträngningar och följa upp hennes resonemang. Tänk om hon hade rätt och Olle hittades? Skulle då pengarna hon hade i bankfacket komma att avslöjas? Hon bävade vid tanken.

Helena blev klar över att hon överskridit gränsen, för vad som skulle betecknas som en medborgares skyldighet, att lämna tips till polisen. Hennes beteende skulle inte bara kunna skada Olle om han levde, utan även hans son Ludvig och eventuellt henne själv. Hon hoppades innerligt att hon hade fel angående Olle och att Ehlers inte brydde sig om att rota i det gamla fallet.

Helena kände sig fånig, som inte först kontaktat Ludvig och låtit honom avgöra om de skulle prata med polisen. Det var ju han som först nämnt att han hade en känsla av att hans pappa levde. Med en förevändning att fråga om de var nöjda med bilen de köpt, ringde hon Ludvig.

66

Ehlers tryckte av samtalet och lutade sig tillbaka i stolen. Från sitt fönster kunde han se solen gå ner som ett klot och färga himlen röd. Det var snart dags att gå hem. Inga nya spår hade dykt upp, man höll fortfarande på att köra de senaste i belastningsregistret. Samtalet från kvinnan fick honom att fundera på om hon kunde ha rätt. Han slog en signal till kollegan Axel Banch, som skött utredningen då, för fyra år sedan.

Banch svarade direkt. Han mindes fallet mycket väl och uppgav att han själv tänkt att Olle Fredlund mycket väl skulle kunnat arrangerat en olycka, för att sedan försvinna. Men något pass hade de inte hittat och inte heller brytt sig om att kolla i passregistret, eftersom man utgick från att det var en olycka. Hur som helst skulle hans eventuella pass nu vara ogiltigt, efter snart fem år. Man hade inga resurser att gå vidare med ny utredning.

Christer Ehlers nöjde sig med det svaret, tog jackan från rockhängaren och lämnade sitt rum för dagen. Hans fru skulle laga hans favoriträtt till middag, stekt strömming med mos och rårörda lingon. Det vattnades redan i munnen på honom. En kollega mötte honom i korridoren.

" Vi har fått träff på avtrycken i Bertilssons hus."

Ehlers ringde sin fru och meddelade att han skulle bli sen.

67

Ludvig svarade efter tredje signalen. Ungdomar hade oftast mobilen i sin närhet, i handen eller i byxfickan. Unga flickor kunde man se gå med mobilen, där hela deras sociala liv fanns samlat, öppet i handen. Åtminstone när de på sommaren var klädda i minimala shorts och en topp. Så lätt det var att sno åt sig deras dyraste ägodel, tänkte Helena ibland.

Hon frågade om de var nöjda med bilen, som den säljare hon var. Vädret var nästa ämne på hennes utfrågning, innan hon kom fram till den egentliga anledningen till att hon ringde. Hon kände sig som en dartspelare på puben, som först kastade en pil utanför tavlan, för att följa upp med en ganska bra träff, innan man närmade sig mitten och kanske *Bulls Eye*.

Helena gled försiktigt över att prata om huset han ärvt och deras planer på renovering och kom till slut in på frågor om hans pappa. Hon undrade om han fortfarande hade känslan av att han levde.

" I fredags låg det ett foto i brevlådan. Det låg i ett kuvert utan någon adressat, så någon har tydligen lagt det i lådan."

" Ett foto, vad föreställde det"?

" Det var en bild från en hamn någonstans långt borta, för man kunde se palmer i bakgrunden. Vid en båt stod två män och log mot kameran. Båda hade kepsar på sig och det gick inte att se vem det var, jag kände inte igen någon av dem i alla fall."

" Men tror du att det var din pappa"?

Helena kände hur hjärtat bultade och vågade knappt säga vad hon tänkte längre.

" Jag anar det, även om jag inte känner igen honom, båda hade skägg och fotot är taget på långt håll, ingen *selfie* alltså."

" Men om det nu var han som har lagt det i din brevlåda, varför tog han inte kontakt med dig"?

" Det är det som gör mig ledsen, jag har ju ingen aning om var han finns, om han finns överhuvudtaget. Annars är det kanske någon annan, som har gett mig en hälsning från honom, eller ett minne av honom. Men jag är ganska säker på nu, att han är en av de två på fotot."

Helena tyckte synd om honom, att leva i ovisshet måste vara hemskt. Snart hade fyra år gått sedan Olle försvann och gick upp i rök, utan att någon ens brydde sig. Mer än Ludvig. Det var bara det att han inte visste var han skulle leta efter sin pappa. Ludvig hade fått ett tecken på att han levda och skulle inte sluta leva på hoppet om att få återse honom.

*

193

Efter samtalet med Helena satt han länge och tänkte på sin relation med pappan, på sin barndom, uppväxt och det som följde sedan. Han såg på fotot som han fått och mindes fina stunder med fisketurer på Västersjön och senare med den enkla båten med utombordsmotor i Mellbystrand.

Han kom ihåg motorcykeln, som pappan gillade att köra på stigar i skogen, med Ludvig ibland sittande bakpå den osande hojen, klamrande sig fast för att inte trilla av. Han lärde honom också att skjuta med luftgevär på tavlor, när han var något äldre. Så många roliga stunder de haft. Men det var innan allt gick snett och sedan förstördes med föräldrarnas skilsmässa. Pappan blev förändrad och Ludvig följde med sin mamma. I en tryggare miljö.

Ludvig lade fotot i en låda och undrade om han någonsin skulle få träffa sin pappa igen.

68

Hon skyndade sig hemåt efter arbetets slut. Helena hade en del förberedelser inför dotterns ankomst följande dag och hade samtidigt dåligt samvete, för att hon inte hunnit prata med sin mamma under förmiddagen.

Det var en klar och fin septemberdag. När hon svängde in på grusvägen från länsvägen, såg hon flockar av svalor i flygövningar med sina ungar. Det var snart dags att lämna boet och landet för den långa färden söderut.

Hon sneglade bort mot stugan. Bennys bil var inte där, så han var tydligen inte hemma. Han hade betalat för ytterligare en månad, för att äntligen få ro att skriva sin bok färdig. Det var då hon upptäckte hönorna, som gick fritt utanför buren och flaxade på ett upprört sätt.

Helena bromsade in vid vägkanten och gick bort mot hönsgården. Haspen låg på, så någon hade tydligen öppnat och schasat ut hönorna på ren djävulskap och därefter stängt dörren. Hon blev förbannad och på samma gång rädd över att någon försökte skrämma henne. Vem det kunde vara förstod hon inte. Hon hade fullt sjå med att få in hönorna till deras rätta plats. Men hur hon än sökte, så saknades en höna. Det fanns inga spår efter att någon räv eller hök fångat den. Hon letade bakom hönsgården, bort mot skogspartiet, som tog vid efter tomtgränsen. Men inte heller där syntes några spår efter den försvunna hönan.

Det var inte förrän hon gick gången upp mot sitt hus, som han med fasa såg vad som hade hänt. Helena stannade tvärt. Först kunde hon inte ta in det hon såg, utan bara gapade stort och stirrade.

På huggkubben låg hönan med avhugget huvud. Yxan satt fortfarande fastnitad, där hugget träffat. Gulröda fjädrar låg spridda på marken intill, blodet hade stelnat och färgat huggkubben mörkröd. Flugor surrade runt den döda fågelkroppen och scenen var som ur en filmrysare.

Helena kände att skorna var som gjorda av bly, hon kunde inte röra sig ur fläcken. Hon bara stod där i en evighet, eller en minut, innan hon vände sig om för att kräkas. Allt kändes så overkligt att hon inte kunde tro sina ögon. Men hon var tvungen att konstatera att det inte var någon film, utan på riktigt.

Det första hon tänkte på var att ringa polisen, med tanke på allt som hänt den senaste tiden. Men hon besinnade sig snart och försökte tänka klart. Darrande i hela kroppen gick hon fram till huggkubben och såg då ett vitt kuvert under hönan. Hon lyfte på den döda kroppen och drog fram brevet och läste. Det var ett vanligt linjerat papper, där någon med stora bokstäver skrivit ett meddelande:

HUNDRA TUSEN I MORRON 15.00 PAKERINGEN I DJURHOLMEN ANARS FÅR POLISEN VETA ATT DU HAR PENGARNA. KOM ENSAM KONTAKTA INTE SNUTEN

Helena såg sig omkring och väntade sig att någon skulle

komma fram och säga att allt var ett skämt, men ingenting hände. Hon var helt ensam med en död höna och svalor som flög omkring, som om ingenting hade hänt. Allt annat var normalt. En bil körde förbi, livet fortsatte som förut och hon retade sig på det. Stavningen i brevet blev hon irriterad över, innan hon kunde ta in vad budskapet skulle betyda för henne.

Hon hade råkat ut för en utpressare, som hade kännedom om pengarna hon hittat. Frågorna snurrade runt i huvudet. Var utpressaren den man som mördat Lars? Kan det vara Olle, som kommit hem och ångrat att han lämnat pengarna till sin bror Martin? Var det utpressaren som gjorde inbrott i hennes hus och tog kartongen, i tron att sedlarna fanns där? Hon ville helst utesluta Benny och Ludvig, men var alldeles för uppskärrad för att tänka klart eller lita på någon.

Med avsmak tog hon hönan och det avhuggna huvudet, stoppade allt i en säck och grävde ner den i skogskanten. Därefter spolade hon bort blodet som färgat mordplatsen röd, medan tårarna rann och hon kände en smygande rädsla i kroppen.

Helena såg Benny komma körande och förstod att det såg märkligt ut att hon spolade vatten på vedkubben. Han kom fram till henne och förstod på situationen att något hänt. Det gick inte att dölja, hon berättade allt för honom, allt utom brevet. Hans reaktion var förstås att ringa polisen, men spåren var ju borta och det skulle vara svårt att förklara. Dessutom ville hon inte blanda in polisen för att berätta om utpressningen.

" Det ser ju ut som en varning, sådant som maffian höll på med. Har du fått något hot"?

" Nej", svarade hon alldeles för högt och något för snabbt.

Hon märkte att Benny inte trodde henne, men brydde sig inte. Helena kände att hon måste vara ensam och fundera på vad hon skulle ta sig till. Hon lämnade Benny, som stod där med ett förvånat uttryck i ansiktet. Hon sjönk ihop vid köksbordet, alldeles slut. Abbot kom emot henne, som om han förstod hennes bekymmer. Han hade tydligen hört vad som hänt och ställt till med en viss oreda i huset och mattan i hallen låg inte på sin vanliga plats.

Hon satt länge i sina funderingar och glömde bort att hon egentligen borde äta något. Men när hon tänkte på den döda hönan, kunde hon inte förmå sig att få ner något. Som ett dråpslag kom hotet om pengar. Sedan den dagen när hon hittade kartongen med pengarna, hade hon inte haft en lugn stund. Helena övervägde att gå till polisen trots allt och berätta om fyndet hon gjort. I så fall skulle hon låtsas som om hon just hittat dem, något de inte skulle kunna kontrollera. Hur mycket pengar det rörde sig om hade hon inte helt klart för sig. En gång hade hon delat upp sedlarna i högar och kommit fram till att det måste vara över fyra hundra tusen kronor.

Hon skulle omöjligt hinna till banken under dagen, för att ta ut den begärda summan insåg hon, banken skulle snart stänga. Nästa dag skulle hon vara vid Knutpunkten och hämta Christina vid tåget, just vid den tiden när den tänkta överlämningen av pengar skulle ske. Till sist kom hon fram till att avvakta utpressarens nästa drag. Det var ett djärvt beslut, men hon förstod att han inte skulle vara nöjd innan alla pengarna var hans, vem det än var. Hon spelade ett högt spel, men hon skulle kämpa och inte ge sig så lätt. Att hon hade att göra med en eventuell mördare tänkte hon inte på just då.

69

Kommissarie Ehlers suckade tungt och satte sig vid sitt skrivbord igen. Det skulle dröja innan han kunde gå hem för att äta sin stekta strömming. Han tog en mugg kaffe, som smakade beskt efter flera timmar på värmeplattan. Magen gjorde uppror direkt. Han hittade några kex, som han knaprade i sig, för att stilla hungern. Tack och lov hade han inte haft så många mord att utreda under sin tid, arbetstiden blev därför rimlig de allra flesta dagar, men nu var det skarpt läge.

Teknikerna hade följt upp två spår och kört i brottsregistret med lyckat resultat. Ett av dem var Olle Fredlund. De visste att han var kompis och arbetskollega med Bertilsson och varit med om båtstölder för några år sedan. Av den anledningen var det kanske inte så konstigt att man hittade avtryck från Olle hemma hos Lars. Ehlers kom ihåg sitt samtal med kollegan Banch, som på den tiden hade utrett Fredlunds försvinnande, då man inte kunde klargöra om det var mord, självmord, eller olyckshändelse. Han hade aldrig hittats och Banch var inte alldeles säker på att Olle var död, något som försvårade den nya utredningen. Eftersom han var dödförklarad, fanns han inte i något register, mer än i polisens eget, eftersom han lämnat fingeravtryck när han var misstänkt för båtstöld. Han existerade helt enkelt inte längre för svenska myndigheter.

Det andra spåret var mer intressant. På några ställen hos Bertilsson hade man hittat fingeravtryck från en person, som hade suttit inne två gånger för bilstöld och misshandel. Sökningen hade gett dem namnet och senaste adressen. Klockan hade blivit så pass mycket att de tänkte vänta till morgondagen att ta in honom till förhör. Vid en kontroll visade det sig att mannen inte var hemma, men lägenheten var satt under bevakning. Mannen kunde vara beväpnad, så tre man skulle överrumpla honom, så fort han kom hem.

Kommissarie Ehlers och hans manskap avslutade dagen, med förhoppning att man under morgondagen kunde förhöra Egil Harlin, som nu var misstänkt för mord på Lars Bertilsson.

70

Börje var ute i sin trädgård och när hon närmade sig, kom han fram till tomtgränsen. Egentligen ville hon inte prata med någon just då, men kunde inte ignorera honom. Han och Siv hade alltid varit så snälla och trevliga mot henne, så hon stålsatte sig och mötte honom med ett leende. Helena tyckte att han såg betydligt piggare ut den här gången och trodde det berodde på att Siv återhämtat sig.

" Hej Börje, hur är det med er, mår Siv bra nu"?

" Jo tack, det är bra med oss, Siv är lite yr ibland förstås. Jag säger till henne att vila så mycket hon kan, men det hjälper inte, hon skall jämt vara i farten för att må bra tycker hon."

Helena log och ville gå vidare, men förstod att han hade mer att säga.

" Somliga kör alldeles för fort här förbi tycker jag. För några timmar sen kom en bil i full fart, så att gruset stänkte och jag var rädd att han skulle köra in här", sade han och pekade på det nymålade bruna staketet.

" Usch då. Det var ju tur att du inte målade där just då. Vad var det för en bil, någon här från trakten"?

Helena visste att Börje kände folket i trakten.

"Jag kände inte igen den, nej det tror jag inte. De kör inte på det viset. Jag kan ingenting om bilmärken, men såg att bilen var blå."

"Vi har börjat fundera på om det är dags att flytta härifrån, till en lägenhet i Örkelljunga istället. Vi vill egentligen inte, men man blir så rädd för allt som händer. Polisen har väl inte fått tag på den där mördaren, förstå jag."

Helena delade deras oro, för gamla människor var det svårt att freda sig för det råa våldet, som förekom överallt nu för tiden, skjutningar i Malmö och Helsingborg, inbrott och överfall. Till och med utpressning! Ändå kunde någon som tyckte sig vara insatt i ämnet och titulera sig professor, påstå att våldet inte hade ökat de senaste tio åren. Hon fick inte ihop det.

Helena vågade inte berätta om hönan med det avhuggna huvudet och allra minst om utpressningen hon var utsatt för, det skulle göra Börje ännu mer upprörd.

"Vi får hoppas att de hittar honom snart, så vi får lugn och ro här ute. Jag har hört att de fått upp ett spår på någon som är misstänkt."

Börje såg lite lugnare ut, när hon traskade vidare. Helena orkade inte med några förberedelser innan dottern skulle komma. Det fanns egentligen inte så mycket att ordna med, det fick vänta tills morgondagen.

Hon gick över till Benny och bad om ursäkt för att hon varit tvär tidigare och förklarade att hon varit irriterad över hönans död. Han förstod henne mycket väl, men tyckte ändå att det var ett polisärende. Benny såg på henne och hade egentligen fler frågor, men undvek dem.

" Förresten kommer min dotter hem i morgon från London och stannar hemma tio dagar. Hon skall på en jobbintervju i Göteborg bland annat."

" Så trevligt för dig att få sällskap om kvällarna", sa han utan någon undermening.

" Orkar du vara ensam i huset i natt? Jag menar att jag kan vakta huset och ligga på soffan om du vill."

Ja, kom och håll om mig och ge mig trygghet.

" Tack, det var vänligt, men det är ok med mig, jag ringer om det är något"

Hon kunde inte gärna säga att en utpressare ville ha pengar av henne i morgon. Helena hade svårt att le mitt i lögnen, men gick till sist in till sitt, reglade dörrarna och drog för gardinerna. Hon anade att något otäckt snart skulle inträffa och hon var i händelsernas centrum.

Vinflaskan kom fram och hon satt i minst en timme med glaset i handen, svävande genom tomheten och med oron över sig som en tung filt. Efter två glas började demonerna lämna henne i fred.

På natten drömde hon att hon tog ut alla pengarna, satte sig i bilen och drog iväg. Hon jagades av en blå bil, men efter några mil hade hon skakat den av sig. Hon tog in på ett billigt motell, färgade håret, som hon klippt kort, köpte en keps och solglasögon på en mack, när hon hade checkat ut. Hon njöt av friheten. Plötsligt var det en ny dag och hon körde norrut någonstans i Småland. I backspegeln fick hon se en polisbil som närmade sig, med blåljusen på och hon förstod att det var kört. Hon vaknade alldeles svettig, klockan var bara tolv minuter över två på natten. Tog en sömntablett och somnade om.

När hon vaknade av att mobilens väckarklocka ringde, var hon kraftlös och låg en stund och funderade över sin situation. Hon skulle inte orka jobba på förmiddagen, så hon ringde till sin chef och bad sig ledig. Framåt tiotiden var hon någorlunda utvilad och tog sig upp ur sängen.

Helena bryggde starkt kaffe för att vakna och fundera över vad dagen skulle ha för överraskningar.

71

Hans tillvaro bestod av lögner, småstölder och falska meriter. Ett sammanbrott närmade sig, det hade varit på väg länge. Han insåg det förstås inte själv, utan fortsatte den inslagna vägen. Den han kände till. Det fick bära eller brista, skit samma, tänkte han.

Hela livet hade varit fyllt av strul för hans del. Ända sedan han blev ensam i livet, när hans morföräldrar som han växt upp hos omkom i en bilolycka. Hans mor fick honom när hon var nitton år och orkade inte med att ta hand om honom, så efter ett år kom han till mormor och morfar, som hade en gård nära gränsen till Småland. De tog väl hand om honom och det var först i skolåldern som han fick veta sin egentliga bakgrund. Mamman hade gift sig och skaffat ett barn med mannen och bodde bara sex mil bort, men besöken blev få. Hon kom själv en gång om året på hans födelsedag och två gånger hade han träffat hennes man och son.

Efter morföräldrarnas bortgång bodde han hos en äldre kompis och kontakten med mamman blev avbruten. Han brydde sig egentligen inte, men innerst inne kunde han ibland längta efter att vara en del i en familj på riktigt, med föräldrar och en bror. Han fortsatte inte skolan efter grundskolan, fick några ströjobb på fabrik, men trivdes inte. Han hittade en egen lägenhet, men pengarna räckte dåligt till allt han ville och ibland låg han efter med hyran. Några småstölder fick honom på fötter för en tid och han såg till att inte åka fast. Livet gick vidare i samma spår, med spritfester med kompisar och småstölder. Men jobbet var han noga med att klara av, tills han en dag blev uppsagd på grund av fabrikens dåliga lönsamhet. Han fick klara sig på att stämpla, men ekonomin blev mycket sämre. Några tillfälliga jobb då och då hankade han sig fram på en lång tid.

Mamman hade skilt sig och flyttat, utan att ta kontakt med honom, vilket gjorde honom bitter. Något år senare hade någon berättat för honom att hon gått bort i cancer. Han borde egentligen bråka om sin del av arvet efter henne, men orkade inte bry sig längre. Han tog kontakt med myndigheter, men fick besked att han var skriven hos sina morföräldrar och enligt den tidens lagar, kunde han inte göra anspråk på arv efter modern. Han kände sig uppgiven och utstött för andra gången i livet, men bestämde sig för att han skulle klara sig själv, hade alltid gjort det.

Egil hade aldrig några fasta planer numera, utan tillfället styrde honom. I morgon var det dags att hämta pengarna, som han nu visste fanns hos kvinnan som gift sig med Martin. Lars hade avslöjat det till sist. Han hade pressat honom hårt och kanske brukat mer våld än nödvändigt, men han kunde inte rå för att Lars föll av stolen och tydligen slog sig illa i fallet, så att han senare dog. Polisen hade tydligen inga spår att gå på hade han läst och han kände sig lugn. Helena skulle bli en lätt match, han skulle nog inte behöva ta till något våld. Men pistolen som han kommit över var laddad och han kände sig säker med den. Hon skulle aldrig slå larm till polisen, räknade han med, så det skulle bli enkelt att hämta pengarna och sen försvinna därifrån. Han skulle vara maskerad och bilen skulle han ha gömd i närheten. Han log åt sin egen förträfflighet och intelligens.

72

Hela Drottninggatan var ett trafikkaos med avstängda filer och gatuarbeten, som orsakade bilköer för dem som måste ta sig in till staden. Helena snirklade sig bakvägen mot Dunkers kulturhus, för att kunna köra ner i garaget under torget. Hon var trots allt i god tid och gick till Knutpunkten, men konstaterade att tåget var en halv timme försenat.

Hon gick ut ur byggnaden, förbi Hamnkrogen och bakom The Tivoli, den gamla stationsbyggnaden i trä, som var ett inneställe med mat och musikevent. Huset hade flyttats ett hundra meter och låg nu vid kajen mitt emot de stora färjorna, som på tjugo minuter slussade folk över sundet, till och från Danmark. Anledningen till flytten var att ge plats åt den nya kongressbyggnaden, som höll på att uppföras.

Helena satte sig på en bänk vid Dunkers och såg turister från ett stort kryssningsfartyg, antagligen det sista för säsongen, anlända i små båtar, för att slussas runt till stadens sevärdheter. En del av besökarna hade blommiga skjortor och solglasögon med snören. Några av damerna i övre medelåldern hade lilafärgat hår. Som en avslutning väntade bussar som skulle föra dem till Sofiero slott med sin vackra trädgård, strax utanför Helsingborg. Det var ett av många stopp i kryssningsprogrammet.

Rådhusets klocka slog tre slag. Helena förstod vad det innebar. Det var nu som hon förmodades vara på en helt annan plats och överlämna pengar till en utpressare. En klangfull melodi från klockspelet i rådhustornet ljöd över staden. Hon kände igen den som *Idas sommarvisa*.

Det kändes plötsligt så bisarrt, en overklig stund i en lånad tidsfrist och en osäkerhet om vad som skulle hända när hon skulle återvända till verkligheten. Människor omkring henne skyndade förbi och fortsatte sina obekymrade liv. Hon kände sig som i en filminspelning, där något hemskt snart skulle inträffa, som om husen runt henne bara var kulisser och människorna var statister. Regissören skulle snart ge klartecken till att en bomb skulle explodera på torget och människor dödas. Men inget hände. Allt var på riktigt, alla var ovetande om hennes hemlighet. Hotet.

...jag gör hela kohagen grön... ljöd det från rådhuset.

Sommaren hade varit helt onormalt solig och varm. Från maj månad och en bra bit in i augusti fortsatte solen att bränna sönder gräsmattor för husägarna och grödor för bönderna. Kreaturen hade till sist inget att äta, eftersom det inte kom något regn och skickades till nödslakt. Förutom en liten svacka runt midsommar, då dansen runt majstången på sina håll avbröts av ihärdiga hagelskurar, var värmen tillbaka med besked. Skogsbränder härjade och var svårsläckta i mellersta Sverige och alla pratade om klimatförändringar.

Bilder på Facebook med semestrande svenskar på stränder långt borta, fick inte någon av dem som var kvar hemma att bli avundsjuk. Här hemma var ju medelhavsklimat. Helena mindes sommaren nittiofyra, som till vissa delar påminde om denna. Det var fotbolls VM det året också och svenskarna grävde guld och badade i fontäner. Alla var glada, solen värmde och ingen talade om klimatet.

Hon hade varit nygift och kär, Christina var fyra år gammal och livet låg framför dem. Det var då. Nu väntade Helena sin nästan trettioåriga dotter vid tåget från Kastrup. Det var ett tag sedan de sågs och hade bara sporadiskt pratat med varandra i telefon och skickat sms, det senaste året. Nu skulle de vara tillsammans och prata som vuxna människor hoppades Helena.

En halvtimme senare satt mor och dotter på Fahlmans Café i hörnet av Stortorget och Kullagatan. De få platserna utomhus var ockuperade av damer, som shoppat på stan och pratade om sina klädinköp över en kopp kaffe. En grupp medelålders män satt uppradade och tittade på förbipasserande. Helena hittade en hörna inomhus i det innersta rummet, vid den stora väggmålningen som föreställde en gammal stadsmiljö i Helsingborg. Ett äldre par satt tysta vid ett av borden, men gick efter en stund. Helena och Christina var ensamma där med sina wienerbröd, kaffe och stort behov av att prata.

73

Spaningen efter Egil Harlin gav inte några resultat. Han hade inte varit hemma under natten och inte varit synlig på morgonen. Ehlers skickade ut en efterlysning på honom och kollade samtidigt i bilregistret, om något fordon fanns registrerat på honom. De fick fram att han var ägare till en Ford Mondeo som var tolv år gammal. Ehlers bad polispatruller i de närliggande distrikten att hålla ögonen på den blå Forden, med registreringsnumret KUL 123 och rapportera om den dök upp.

Omkring klockan två på eftermiddagen mötte två poliser den efterlysta bilen, på väg tillbaka till Ängelholm, efter att utrett en bilolycka nära Munka Ljungby. De vände snabbt och såg bilen svänga in på påfarten till motorvägen mot Göteborg. Polisbilen rapporterade och följde efter på ett betryggande avstånd. Den blå Forden höll hastigheten till en början, som alla andra bilar, när de såg närvaron av lagens långa arm. Snart började mannen, som var ensam i bilen köra fortare och poliserna följde efter, med tre bilar mellan dem.

Vid avfarten till Hjärnarp svängde han av och ökade farten, när han blev varse att polisbilen följde efter. Han stoppade inte vid korsningen efter avfarten och hann med nöd och näppe undkomma en krock med en lastbil med släp, som kom från Margretetorpshållet. Det gjorde att polisbilen hamnade bakom det stora ekipaget och hade inte full koll på Forden. Niklas som körde polisbilen slog näven i ratten och svor. Hans kollega Malin blängde på honom och försökte få syn på bilen de jagade. Niklas hade varit ur form de senaste dagarna, men inte sagt varför.

" Hur är det fatt, har Cilla gjort slut", frågade hon.

Malin visste att deras förhållande var på upphällningen, något som Niklas berättat tidigare. De kunde prata om allt, ofta med en tuff jargong, vilket var en bra förutsättning för att klara av den ibland trista patrulleringen på vägarna. När han inte svarade, förstod hon att det var bäst att hålla tyst.

Vid Arons affär fortsatte lastbilen på vägen till höger och de chansade på den vänstra vägen, den som gick mot Västersjön. De såg på håll ett dammoln och gissade att de hade valt rätt. De var tvungna att väja för en cyklist och saktade farten. Det var alltför riskabelt att köra fort, det skulle äventyra andra människors liv, så efter några kilometer på den smala grusvägen gav de upp. De hade tappat bort den blå bilen, det fanns många småvägar i området, som den kunde ha kört in på och gömt sig. Niklas såg sammanbiten ut och bad Malin rapportera.

Kommissarie Ehlers blev inte glad av att höra att de tappat bort Egil Harlin, som antagligen hade förstått att han var eftersökt och nu skulle hålla sig gömd.

74

Han funderade på hennes reaktion med den halshuggna hönan. Visserligen hade vem som helst blivit upprörd och förbannad, men hon hade varit nästan paniskt rädd. Man kunde se det i hennes ögon. Det var något mer hade han förstått, något hon inte berättat för honom, något som hon inte vågade prata om. Benny hade lärt sig hennes olika sinnesstämningar och trodde sig kunna ana när något var på tok. Men den här gången gick han bet.

Han trodde att allt hängde ihop på något sätt, men visste inte hur. Helena var på antagligen navet i det hela, men hon ville inte avslöja något själv.

Troligtvis var det båtstölderna som var orsaken till hans fars död, han hade varit vittne till en av dem. Men Olle hade ju gått fri den gången. Varför mördades då hans far? Något missförstånd kunde ha skett den gången, tänkte han.

Kort därefter försvann Olle spårlöst i en olycka utan att kroppen hittades. Några trodde att Olle fortfarande var i livet och fanns i närheten, nu efter fyra år. Så följde överfallet på Lars, den man som dödat hans pappa om han skulle tro samtalet han fått för tre månader sedan och nu ett hot mot Helena. Han tyckte att resonemanget var logiskt, men det fattades någon pusselbit, som han inte kunde hitta. Det kunde röra sig om pengar, kom han fram till. Men vilka pengar och varför blev Helena hotad?

Har Olles son Ludvig något finger med i spelet? En tänkbar pusselbit skulle kunna vara en koppling till Olles bror Martin, som varit gift med Helena.

Nästa fråga var VEM det kunde vara som hotade henne. Det var så klart den springande punkten. Han måste fråga Helena och försöka hjälpa henne, så hon inte råkade ut för något. Hon verkade riktigt skärrad när hon upptäckte den döda hönan. Snart skulle hon komma hem med sin dotter, men han hoppades få tillfälle att prata med Helena snarast möjligt. Att hon inte ville koppla in polisen kunde han på ett sätt förstå, men hon fick inte stå ensam när ondskan kröp allt närmare.

En bil köra sakta förbi, men avståndet var för långt och han kunde inte se registreringsnumret tydligt. Det var en blå Ford Mondeo, samma bil som han sett en gång tidigare, när han var över hos Helena. Benny började ana oråd, började se allt klart nu, pusselbiten han saknat fanns plötsligt rakt framför honom. Samtalet han fått för en tid sedan, som handlade om Lars och nu bilen var pusselbiten som saknats. Han förstod plötsligt vem den eftersökte gärningsmannen var och kände sig tvungen att stoppa honom. Det var hans skyldighet helt enkelt.

75

Ett oväder tittade förbi och hade tydligen bestämt sig för att stanna en stund. De hade nätt och jämt hunnit till bilen i parkeringsgaraget, när de första dropparna började falla.

Mor och dotter hade tillbringat över en timme på Fahlmans Conditori och haft en trevlig stund där.

" Så gott med en svensk kaffefika, till skillnad från allt tedrickande i London, jag har aldrig kunnat vänja mig vid deras seder", sa Christina.

Hon hade berättat om separationen med Steven. Den hade slagit undan benen på henne för en tid, men hade kommit på fötter igen. Det var då hon hade börjat fundera på om hon skulle bli kvar i England, eller söka sig hemåt.

" Vad hände mellan er"?

" Han förklarade för mig att han kände sig kvävd av mina känslor för honom och min önskan att få barn. Han stod helt enkelt inte ut längre, påstod han. Han var inte beredd att bilda familj än. Så han drog."

Helena strök dotterns arm och beklagade. Livet var inte helt enkelt, när båda inte var i samma fas, något hon själv fått erfara. Hon märkte att Christina trots allt hade repat sig från uppbrottet och nu såg framåt igen.

" Skall du försöka stanna i Sverige nu, eller hur tänker du"?

" Jag har sökt ett jobb i Göteborg och skall på intervju om några dagar. Sen har jag sökt ett i Stockholm, men inte fått något svar ännu. Vi får se vad som händer. Blir det inget av detta, får jag väl fortsätta en tid till i London. Men det hade varit skönt att komma hem, London är spännande, men jag har fått nog nu."

Christina märkte att hennes mamma var tyst och undrade vad det var som tryckte henne.

" Du verkar frånvarande", sa hon.

Helena berättade i korthet vad som hänt, men uteslöt vissa detaljer, för att inte göra dottern alltför upprörd.

" Vi kan prata om det hemma, vi måste nog hem till Abbot nu. Han behöver säkert komma ut nu snart."

Regnet piskade på vindrutan när de körde på motorvägen. En åskknall överrumplade dem och därefter vräkte regnet ner, så att de fick sakta ner farten. I höjd med Erikslund upphörde skyfallet och övergick till lätt regn. Den sista etappen fram till Helenas hus pratade de om det extrema varma vädret som varat i flera månader och att regn var verkligen behövligt.

Abbot blev lycklig när de äntligen kom hem. Dessutom fanns det ytterligare en person att fjäska för. Han kråmade sig för Christina, när hon kliade honom bakom öronen. Regnet hade upphört så de tog en snabb runda med honom bort mot skogen, men vände efter en stund. Helena pekade ut huset där Lars bott och där överfallet på honom skett.

Christina såg en bil vid stugan och såg frågande på sin mamma.

" Har du hyresgäster i stugan, det har du inte berättat"?

" Ja, det har jag glömt att säga. En man som heter Benny har bott där en månad nu för att skriva en bok och har betalat för ytterligare en period."

" Är han trevlig? Hur gammal är han"?

" Inbilla dig inget, vi är bara vänner. Jag har som hyresvärd bjudit honom på kaffe någon gång, ja en middag också för den delen".

Christina såg forskande på sin mamma och log försiktigt. Helena kostade på sig ett kort skratt som fastnade i halsen, när hon blev påmind om hotet hon hade hängande över sig. På kvällen berättade hon allt som hänt på senare tid, även om hon undvek detaljen om pengarna hon hittat. Hon hade bestämt sig för att inte avslöja det för någon, inte ens hennes egen dotter. Inte omedelbart i alla fall.

Christina blev förstås upprörd när hon hörde den nästan overkliga historien. Hon kunde förstå mammans rädsla och för en kort stund ångrade hon att hon kommit hem, för att hamna mitt i en gastkramande triller, som ingen visste slutet på. Men vid närmare eftertanke kände hon att mamman behövde all hjälp och stöd hon kunde få.

" Men kan vi inte ringa polisen, så att de kan ge oss skydd i alla fall. Tänk om han stormar in här och hotar oss, vi skulle väl inte klara av det, eller hur"?

" Nej, du har rätt, men jag tror att vi måste avvakta hans nästa steg. Han vill ha pengar och kommer inte att döda oss, för då går han miste om dem om jag förstår honom rätt."

" Men har du tänkt att ge honom pengar? Har du den summan förresten?"

" Jag har pengar tack vare bröderna, Olle och Martin", erkände hon till slut, utan att ge några detaljer.

" Men jag tänker inte låta honom få dem, bara så där".

" Bara så där, tar du inte väldigt lätt på en så allvarlig sak, mamma"?

" Du har förstås rätt, jag borde kontakta polisen."

Helena tänkte på morgondagen, då Christina skulle vara ensam hemma hela förmiddagen, medan hon själv var på arbetet. Hon vågade inte tänka på vad som skulle kunna hända henne. Även om det inte var Christina mannen var ute efter, gick de inte säkra efter denna dagen. Han måste ha blivit rasande, när hon inte var på plats med pengarna han ville ha.

" Jag jobbar några timmar i morgon, så lås om dig när du är inne i huset, så kommer jag hem vid lunchtid. Han kommer nog att höra av sig på något sätt och då ringer vi polisen. Tror du att du klarar dig"?

" Vad har jag för val?" Christina lät uppgiven.

" Du kan ju förstås följa med mig till jobbet om du känner för det. Du kunde till exempel hälsa på mormor."

" Hur är det med henne?"

" Hon har fått en annan medicin för en vecka sen och jag tycker att hon mår lite bättre av den."

" Vi får se i morgon, jag bestämmer mig då".

" Du kan få mobilnumret till Benny, ifall du stannar här hemma och känner dig orolig. Han vet vad som hänt", sa hon utan att utveckla det.

Kvällen var sen, men sömnen ville inte infinna sig hos någon av dem. Helena kände sig något tryggare med att inte vara ensam.

Christina var orolig och lyssnade på trädens sus, som i vanliga fall skulle vagga henne till söms, men hon blev istället skrämd av tystnaden i skogen. Huset gav ifrån sig knäppande ljud, klockan i vardagsrummet tickade och kylen i köket hade sitt rytmiska brusande. Det var lättare att sova i London, med trafikens sövande ljud utanför fönstret. Länge låg hon och tänkte, att det var inte så här hon tänkt sig hemkomsten.

76

Han visste inte om Helena trots allt kopplat in polisen, eller om det bara var en tillfällighet att de där snutarna jagade honom. Först hade de legat långt bakom honom, men efter en stund hade de ökat farten. Det var då han blev nervös och själv gick över den tillåtna hastigheten. När han svängde av mot sitt mål följde de efter och han förstod att han måste komma undan.

Inom sig svor han över Helena som sumpat hans geniala idé och låtit honom missa pengarna. Han visste förstås inte att hon inte haft möjligheten att ge honom summan han pressat henne på och att hon var på ett helt annat håll under dagen. Egil kände sig blåst och lurad på storkovan. Men han skulle inte ge sig så lätt.

Djävla satmara, du skall få se snart, sa han till sig själv och funderade på hur han nu skulle gå tillväga, det kanske fick bli en improviserad grej.

När han körde förbi hennes hus, såg han att hon inte var hemma. En bil stod parkerad vid stugan och han kollade snabbt upp vem det var som befann sig där. Egentligen blev han inte så överraskad, men det skulle komplicera hans planer och förstod att han måste ändra på dem.

Egil gömde sig i sin bil i närheten medan regnet öste ner. När det upphörde smög han fram till Helenas hus och höll sig gömd bakom några stora träd. Efter en knapp timme kom hon körande och hade någon med sig. En yngre kvinna steg av bilen och såg sig om. Tydligen hade Helena hämtat henne och av kvinnans bagage att döma, skulle hon stanna några dagar. Det kunde vara en väninna, eller kanske en dotter, tänkte han. Av ren tur hörde han Helena tilltala henne med ett namn. *Christina.*

Det var hans turdag kände han, när han smög tillbaka till sin bil och åkte därifrån och besökte sin flickvän, som hade en dator han brukade låna. Han var inte säker på att man kallades flickvän när man snart var fyrtiofem, som *Kickan* var. Själv hade han passerat de femtio med råge.

Bilen parkerade han på baksidan, så att den inte var synlig. Han förstod att han måste vara försiktig med att visa sig öppet med den nu. Men han hade en sak att slutföra och inget fick hindra honom från det. När allt var klar skulle han köpa en annan bil hos en privat bilhandlare. En plan började ta form i hans huvud.

77

När Helenas väckarklocka talade om att det var dags att gå upp, kände hon sig någorlunda utsövd. Kanske berodde det på vetskapen om att hennes dotter fanns i huset, hon var inte ensam när hon vaknade. Abbot tycktes ha väntat på signalen och visste att det var dags för den första turen ut på gårdsplanen. De hade sina rutiner och han var nöjd med dem.

Helena gjorde iordning sin frukost, men kollade först bort mot hönshuset, vars dörr nu var försedd med ett hänglås. Allt tycktes vara som vanligt och för ett ögonblick fick hon för sig att allt bara varit en dröm. Men huggkubben var fortfarande blodig och visade att avrättningen av hönan verkligen hänt. Hon rös av tanken på synen hon mött när hon kom fram till huset i förrgår.

Inget nytt meddelande hade kommit, så han hade kanske gett upp, när hon inte dök upp med pengarna. Hon ville åtminstone inbilla sig det, men kunde inte vara säker. Om det var Lars mördare, fruktade hon att han skulle återkomma och med mer bryska medel få henne att betala. Hon borde gå till polisen för att få lugn själv, det hade verkligen spårat ur nu och hon fick inte riskera Christinas liv för pengar. Men när hon funderade, hade hon inget konkret att berätta för polisen. mer än om en död höna och ett hotbrev om utpressning.

Hon behövde såklart inte berätta om pengarna hon hade i bankfacket. Det kunde hon förklara med att det var ett arv från hennes Martin och Olle behövde inte nämnas alls egentligen. Ord skulle stå mot ord, om de fick tag på utpressaren, som tydligen hade vetskap om pengarna. Helena bestämde sig för att ringa polisen efter jobbet.

Innan hon åkte iväg till jobbet kikade hon in i Christinas rum. Hon sov gott och Helena ville inte väcka henne. Hon skrev en lapp med instruktioner om hunden och stränga order att inte öppna för någon.

Vid något tillfälle på förmiddagen tittade hon in till sin mamma, som satt i en stol och halvsov. Hon vaknade till när Helena kom in i rummet och log mot henne.

" Är det du som är här och hälsar på mig, Christina"?

" Nej mamma, det är jag, Helena."

" Det ser jag väl, du jobbar väl här"?

Helena var inte säker på att mamman kände igen henne som dotter eller anställd längre.

" Christina kommer nog en dag till dig. Hon är hemma några dagar nu från London".

" Jag hoppas hon kommer innan jag dör".

" Men mamma, du skall inte dö, nu när du blivit bättre".

" Det vet man aldrig, det känns att det snart är dags. Varför skall man behöva sitta här och vänta"?

224

Helena hade inget bra svar att ge, men kramade om sin mamma och skyndade tillbaka till arbetet. Lunchen skulle förberedas och om två timmar skulle hon köra hem till sin dotter. Christina hade inte ringt, så hon hoppades att allt var bra där hemma.

Hon tankade bilen och kommenterade bensinpriset med killen i kassan. Han tittade ut genom fönstret och försökte leta efter ett svar. Kanske hade han hört klagomål tidigare, tänkte Helena. Hon visste med sig att han var en trogen miljövän och medlem i Miljöpartiet. Så svaret var väntat.

" Man får kanske tänka på miljön och samåka så mycket som möjligt. Utsläppen är alltför stora i världen, det kan man se på den globala uppvärmningen. Folk flyger och far jorden runt, utan att orka tänka på konsekvenserna. Så glaciärerna smälter och vi får varmare somrar, ja du såg själv vilka temperaturer vi hade i somras under lång tid. Så regeringen måste höja skatter, för att få folk att reagera."

Föreläsningen var slut och Helena ångrade att hon yttrat sig. Hon svarade med ett ja, utan att veta varför. Kanske hade han rätt, men just nu hade hon annat att bekymra sig för.

Sommarens hetta hade övergått till svalare väder och den klara höstluften var välkommen. Mor och dotter packade en picknickkorg och tog med en filt att sitta på. De styrde mot havet, till Mellbystrand, som Helena visste att Christina tyckte om att vara vid. I London såg hon aldrig havet, bara den bruna Themsen, med otaliga båtar som trafikerade den. Havet var speciellt så här års.

Vid denna tiden på året var det inte många nere vid stranden, så de körde på den hårt packade sanden nästan ända ner till vattnet. Regnet från gårdagen hade dragit bort och lämnat plats för en svag bris från en nästan molnfri himmel. De åt sin kycklingsallad och baguett och njöt av dagen. Abbot skulle vilja springa bort och jaga sjöfåglarna vis strandkanten, men fick snällt bli vid bilen. Han låg med huvudet vänt mot havet och iakttog fiskmåsarna, som med eleganta rörelser lyfte, när vågor efter gårdagens oväder slog in mot stranden. Ögonblicket efter undersökte de om något ätbart spolats iland.

Efter kaffet frågade Christina sin mamma om hon ringt till polisen.

" Jag sökte kommissarie Ehlers, men han var inte inne just då och de skulle lämna ett meddelande till honom."

" Men du skall väl ringa igen om han inte ringer"?

" Jag borde väl, men just nu vill jag bara njuta av lugnet och ditt sällskap. Mormor frågade efter dig idag, förresten och vill träffa dig", svarade Helena, som ville prata om annat.

78

När Ehlers kom tillbaka efter sitt tandläkarbesök låg ett meddelande på hans skrivbord. Helena Fredlund hade sökt honom. Han kopplade direkt namnet till den där kvinnan, som ringt för någon vecka sen och hade sina teorier om Olle Fredlunds försvinnande. Han hade inte lust att prata med henne just nu och satte sig att bläddra i några papper om misstänkt narkotikaförsäljning i närheten.

Hans skrivbord var placerat så, att han hade ryggen mot fönstret och hade därför full uppsikt mot korridoren. Rummet var ljust, ganska stort, men spartanskt möblerat med skrivbord, två fåtöljer och en bokhylla, som dignade av pärmar och böcker. På skrivbordet i ljust träslag stod två inramade foton på hans fru och de två barnbarnen. Till helgen skulle han och hustrun åka upp till Varberg och gratulera dotterns tvillingar, som fyllde sju år. Sonen och hans sambo skulle antagligen komma.

Ehlers drog handen genom det mörka håret och gick ut och hämtade en mugg kaffe. Han slog sig ner vid skrivbordet, men orkade inte läsa rapporterna. Hans tankar gick istället till det olösta fallet med mordet på Lars Bertilsson.

Inget nytt hade kommit fram, den efterlyste personen befann sig aldrig i sin lägenhet och bevakningen hade dragits in av resursskäl. De hade försökt kontrollera umgängeskretsen, men hade inte fått något napp. För närvarande var Egil enligt uppgift arbetslös och tycktes ha gått upp i rök. Förr eller senare skulle de få tag på honom, var han övertygad om, det gick inte att helt försvinna. Eller? Han tänkte igen på Olle Fredlund. Var fanns han, var han död, eller levde han i bästa välmåga någonstans? Så här långt efteråt var det omöjligt att veta och spelade kanske inte någon större roll. Men att hans död eller försvinnande hade samband med Lars Bertilsson död, var han nu övertygad om. Men man skulle inte få klarhet i hur, förrän de gripit Egil Harlin och förhört honom.

Holm som var deras dataexpert bland annat, knackade och öppnade dörren samtidigt. Hans rufsiga hår spretade åt alla håll och det finniga ansiktet antydde att han hade glada nyheter.

" Du måste kolla detta. Jag har sökt på Egil Harlin och kommit fram till att han och Berndt Pettersson är släkt med varandra."

" Det var som fan. Bra jobbat Holm. Vi kallar Benny till förhör i morgon klockan ett, så får vi höra vad han har att säga. Det kan vara en öppning."

Meddelandet om att Helena ringt hamnade underst i högen av rapporter, som blev liggande kvar på skrivbordet, när Ehlers gick hem för dagen. Han och hustrun skulle hinna med att köpa presenter till tvillingarna innan affärerna stängde, för att därefter gå på en restaurang. På kvällen tänkte han se valdebatten på TV.

79

Ett lätt regn började dagen och den grå himlen tänkte inte släppa igenom någon sol på några timmar. Christina var på väg till busshållplatsen, för att åka med buss 571 till Ängelholm. Hon hade kollat upp buss och tågtider och hon skulle bara behöva vänta en kvart på tåget till Göteborg. Hon såg framåt mot intervjun.

Vid frukosten frågade hon sin mamma om hon ringt den där kommissarien.

" Jo, jag ringde, men han hade gått för dagen, får ringa i eftermiddag igen."

De kom överens om att Helena skulle hämta sin dotter i Ängelholm, vid femtiden, då hon skulle vara tillbaka från Göteborg. Christina lovade att ringa och säga tiden för tågets ankomst mer exakt.

Helena körde till arbetet och Christina gick en sväng med Abbot, som trivdes i hennes sällskap. Hon såg ingen bil vid stugan och förstod att hyresgästen inte var hemma. Synd, för hon hade gärna velat träffa honom. Regnet var uppfriskande, hon var van vid den typen av väder, så paraplyet var en nödvändighet.

Hon tog sin portfölj med nödvändigt material inför mötet och lämnade huset, efter att först låst ordentligt. Det var en stunds promenad till hållplatsen, men hon hade god marginal märkte hon. När hon kom fram till länsvägen skymtade hon den gula skylten, som markerade platsen där bussen skulle hämta upp henne. Det var inte mycket trafik och det var tydligen ingen mer än hon, som skulle åka den dryga halvtimmen till Ängelholm. En blick på klockan talade om att bussen skulle komma om cirka sju minuter. Det fanns inget skydd för regnet, man var inte så frikostig med att ordna busskurer ute på landet tydligen.

Regnet tilltog och Christina vände ryggen mot den ökande vinden. Hon funderade på den kommande intervjun, som kanske skulle leda till ett jobb i Sverige. Hon såg fram emot att komma hem igen och Göteborg var en lagom stor stad att vara i, tyckte hon. Hon kände en jämnårig tjej som bodde där och de hade haft en del kontakt genom åren. De hade ringt och messat varandra den senaste månaden och Anna hade uppmuntrat henne att söka det där jobbet.

Christina tittade på klockan igen, fem minuter kvar! Tiden gick långsamt när man väntade. En kastvind fick henne att greppa hårdare om paraplyet. En lastbil kom västerifrån följt av en personbil, i övrigt var det ingen trafik. Hon märkte inte bilen förrän den stannade intill henne och fick henne att hoppa till. Föraren steg ur bilen, drog upp kapuschongen på den mörka jackan för regnet och kom fram till henne. Christina blev på sin vakt.

" Hej, Benny heter jag. Jag hörde av Helena att du skulle med bussen. Eftersom jag skall samma väg kan jag erbjuda dig skjuts."

Christina hälsade vagt och studerade mannen framför sig. Han motsvarade inte helt bilden hon fått av Benny, efter mammans berättelse, men huvan gjorde att hon inte kunde se ansiktet tydligt. Han var något illa klädd för ett besök i stan, men reflekterade inte mer på det. Han hade redan öppnat dörren för henne, innan hon ens hunnit svara.

Just som hon bestämde sig för att lita på honom och tacka ja till erbjudandet, tittade hon på hans bil. Mannen följde hennes blick. Bennys bil hade stått vid stugan dagen innan och det var en vinröd Opel, om hon inte misstog sig. Denna bilen var blå! Christina insåg plötsligt att något var fel. Fruktansvärt fel.

Hon hann inte tänka mer förrän allt blev svart.

80

Klockan började närma sig fyra på eftermiddagen och Christina hade inte ringt ännu. Helena började bli smått irriterad av att inte få något besked. Det skulle ta henne en timme att ta sig till Ängelholm, så om Christinas tåg skulle komma in vid femtiden, var det snart dags att ge sig av.

Helena hade tänkt att de skulle gå på restaurang *Torstens* på Storgatan, där hon varit en gång med Martin. De hade goda pizzor och hamburgare, som inte gick av för hackor. Hon tittade sig i spegeln, men var inte helt nöjd med resultatet och la på lite mer makeup. Hon såg bort mot stugan, Benny var inte hemma ännu. Han hade kört samtidigt med henne på morgonen och skulle tydligen till sin bostad i Helsingborg. De hade kört på var sitt håll när de kom fram till länsvägen.

Klockan var halv fem och irritationen steg för varje minut. *Varför kan du inte ringa?* Hon tog fram sin mobil och tryckte på Christinas nummer, men fick inget svar.

*

Benny infann sig på polisstationen klockan 17.00, efter att ha meddelat dem att han inte kunde komma tidigare. Han befann sig i Danmark när de ringde, sa han och skulle snart ta båten tillbaka, för att därefter hämta några saker i sin lägenhet.

Kommissarie Ehlers var först avvisande och ville ha förhöret avklarat så fort som möjligt, men lät Benny bestämma tiden. Han gav Holm uppgift att kolla några saker under eftermiddagen, så att de hade mer att gå på.

" Berndt Pettersson", sa Ehlers och harklade sig högljutt. Som bisittare vid förhöret var Holm, vars hår var om möjligt ännu spretigare än tidigare. Ehlers hade vid några tillfällen försökt att få honom att klippa sig och kamma håret, men hade gett upp efter några försök. Holm var duktig, så det var lätt att förbise så obetydliga saker som utseendet.

" Vi har en del frågor, som vi gärna vill ha svar på."

Benny skruvade på sig, han var inte så bekväm i sin situation, dessutom var stolen onödigt hård att sitta på. Ehlers lade märke till, att mannen framför honom hade en snygg skjorta med matchande tröja och antagligen dyra märkesjeans. Själv var han inte så noga på fritiden, gamla slitna jeans och pikétröja fick duga. Han borstade bort ett osynligt hårstrå från kavajärmen och fortsatte:

" Egil Harlin. Säger dig det namnet något?"

Benny förstod att det var lämpligt att hålla sig till sanningen. Eller så nära sanningen som möjligt. Den sanning han själv var uppväxt med.

" Det är en släkting till mig.

" En släkting säger du, kan du utveckla svaret?"

" Han är min morbror, som jag träffade mycket sällan under min uppväxt. Tror inte det var mer än två-tre gånger. Min far gillade inte honom, så det var mest mor som åkte dit en gång om året, när det var hans födelsedag."

" Har ni träffat varandra i vuxen ålder"?

" Inte direkt, vi har råkat springa på varandra någon gång, det är allt."

Ehlers såg på Benny och lät honom våndas en stund.

" Vi har hittat två överföringar på tiotusen kronor varje gång till Egils konto. Jag skulle vilja veta anledningen till det."

Benny suckade ljudligt och förstod att de hade gått noggrant tillväga.

" Egil ringde mig för ett halvår sen och behövde pengar. Han hade blivit arbetslös och tyckte att jag skulle ställa upp och låna honom pengar.

" Så han krävde dig på pengar"?

" Jag gick med på att hjälpa honom, eftersom vi var släkt. Så han fick lite pengar, men jag stoppade det, när jag märkte att han bara spelade bort pengarna."

" Betalade du honom för att mörda Lars Bertilsson, den man som dödade din far"?

Benny stirrade på kommissarien och trodde inte först att han hört rätt.

" Menar ni att Egil skulle…"?

" Vi har starka skäl att tro att din släkting har med mordet på Lars Bertilsson att göra, så vi vill veta hur du är inblandad."

Benny berättade allt så sanningsenligt han kunde. Hur han fört över pengar till Egil. Han hade lovat honom tre utbetalningar, men när han förstod att pengarna gick åt till spel och annat tog han kontakt med Egil och träffade honom hemma i Egils lägenhet. Bostaden var rena svinstian berättade Benny, ostädat och med skräp överallt. Han hade sett tips och travkuponger på soffbordet, tillsammans med ölglas och cigarettfimpar i överfulla askfat. Benny hade då sagt till Egil att han vägrade att ge honom mer pengar.

Egil hade förstås reagerat och blivit aggressiv, men lugnat ner sig. Sedan hade han berättat att han visste vem som dödat Bennys far och ville ha pengar för den hemligheten. Benny vägrade fortfarande ge honom pengar, dessutom hade han själv kommit fram till att det var Lars Bertilsson, som var hans fars mördare. Han hade sagt det till Egil, för att avväpna det förtäckta hotet. Benny hade lämnat honom sittande i soffan med ett ölglas i handen.

" Sade Egil något om att besöka Bertilsson"?

" Inte vad jag minns, han skrek efter mig, men jag lyssnade inte på honom, utan gick bara därifrån. Sen dess har vi inte hörts av eller träffats."

" Har du någon aning om var han kan befinna sig, han har inte varit hemma på några dagar"?

Benny hade ingen förklaring på var han kunde vara, men trodde att han träffade någon kvinna ibland.

Ehlers lät honom gå och hade nu blivit helt säker på att Egil Harlin var den man som hade med mordet på Bertilsson att göra. Antagligen hade han pressat Bertilsson på pengar, för att inte avslöja mordet på Bennys far, men inte lyckats. Frågan var vad han var i stånd till att göra nu. Det gällde att hitta honom till varje pris.

81

Oroligt vankade Helena av och an i köket. Klockan var över sex på kvällen och mörkret hade börjat infinna sig. Dagens regn hade tillfälligt dragit bort, nu tornade mörka åskmoln upp sig och hotade med mer nederbörd.

Hon kunde inte förstå varför Christina inte hörde av sig. Hon kanske hade träffat den där kompisen och glömt att ringa och tala om det. Helena var inte säker på hur noga dottern var med att meddela ändringar i schemat, men nog borde hon i alla fall ha skickat ett sms, tänkte hon. Hon funderade på vad kompisen hette, men kom inte ihåg det. Christina hade pratat om en Anna, men efternamnet mindes hon inte. Företaget hon skulle till på intervju, var ju stängt så här dags, så det gick inte att hitta någon att fråga.

Förtvivlat såg hon ut genom köksfönstret och såg Benny komma hem till sin stuga. Hon tog en jacka på sig och gick över till honom, för att få ett råd. Abbot följde gärna med, även om promenaden blev kort.

Benny blev överraskad när han öppnade. Han förstod genast att något var på tok och bjöd in henne. Helena var blek i ansiktet och pratade osammanhängande om att Christina inte kommit hem. Han försökte lugna henne och trodde att det blivit något fel på hennes telefon, hon hade kanske tappat den, föreslog han. Helena lyssnade inte på honom, hon var i sina egna tankar. Han ordnade fram mat till dem båda och Helena försökte få fram ett leende av tacksamhet, för att han fanns. Innerst inne anade hon att något hemskt hade hänt.

Benny berättade inte om sitt besök på polisstationen, det skulle ytterligare förstärka hennes oro. Han försökte tänka positivt, fundera på vad som kunde ha hänt, men hittade inga fler alternativ.

Helena petade i maten och satt mest grubblande, medan Benny försökte komma med alla möjliga förklaringar till dotterns tystnad.

Klockan fem minuter över tio ringde Helenas mobil. Hon såg Christinas nummer i displayen och sken upp.

Äntligen!

" Christina var håller du hus, vad har hänt"?

Rösten som svarade kände hon inte igen och hon blev alldeles iskall och benen ville vika sig.

" JAG HAR DIN DOTTER. ETTHUNDRAFEMTIO TUSEN I MORGON, ANNARS DÖDAR JAG HENNE. DU FÅR BESKED.

Samtalet bröts. Helena satt helt stum och bara stirrade på mobilen. Så kom tårarna.

82

Mörkret var kompakt där hon befann sig. När Christina
återfick medvetandet upptäckte hon att hon låg på en smal
säng, vars madrass luktade av mögel. Hennes kropp värkte
och huvudet bultade. Christina satte sig upp och försökte
minnas vad som hänt. Busshållplatsen, bilen, mannen som
kallat sig Benny. Sen mindes hon inte mer. Mobilen och
hennes andra tillhörigheter var borta, utom handväskan.

Hon trevade sig fram till dörren och kände att den var låst.
Med sina händer bankade hon på den, men inget hände.
Händerna värkte, men hon fortsatte att utforska väggarna
genom att treva sig fram. Det enda fönstret var igenspikat,
förbommat med en skiva utifrån och bräder på insidan.
Bara en smal glipa med ljus från en gatlampa kunde leta
sig in i rummet. Det var mörkt ute och hon förstod att det
var kväll. Hon stirrade ut i mörkret på ingenting.
Tystnaden var påfrestande, huset var dött, inga ljud från
yttervärlden. Det var bara kurrandet från magen, som
hördes. När hon efter en stund vande sig vid mörkret,
kunde hon urskilja ett bord, där det stod en flaska vatten
och en smörgås med ost. En fluga surrade runt den och
satte sig på osten. Hon tog tallriken och kastade den i
väggen.

Tårarna forsade ur henne. Hon var inlåst, varför begrep
hon inte. När skulle mannen komma tillbaka och vad

skulle han göra med henne? Christina kände sig hjälplös där hon befann sig. Visserligen kunde hon få röra sig i rummet, men var ändå begränsad av fyra väggar. Hon försökte mäta hur stort rummet var och kom fram till att det var tre gånger två meter. Någon toalett fanns inte, ingen vask eller rinnande vatten. Bara ett rum, med en säng vars madrass luktade illa. Ett bord och en köksstol. Det var allt. Hon letade efter någon form av verktyg, eller ett vasst föremål att bryta upp brädorna i fönstret med, men det fanns ingenting. Hon gjorde ett försök att bända upp brädorna med händerna, men de satt alldeles för hårt och ansträngningen tog hårt på krafterna.

Christina kände sig kissnödig, efter att ha druckit av vattnet. Hon hade inte en aning om när mannen skulle komma tillbaka, kanske inte förrän i morgon och då skulle hon behöva uträtta sina behov inne i rummet. Hon rös av tanken och sjönk ihop på golvet.

Hon antog att hennes mamma nu börjat fatta att Christina var försvunnen, men visste klart inte var hon skulle söka. Skulle mannen kontakta mamma? Vem var kidnapparen och av vilken anledning hade han tagit henne? Hade det något med den halshuggna hönan att göra? Kravet på pengar, så klart. Mordet på den där mannen, vad han nu hette? Lars, kom hon plötsligt ihåg. Det spelade ingen roll vad hon trodde, hon kunde inte göra ett skit. Förtvivlad insåg hon det.

Någon dag tidigare hade hon levt ett vanligt liv i London, gått till arbetet och kommit hem till rummet hon delade med en vän. I storstaden med alla sina farligheter hade hon ändå känt sig ganska trygg och anpassade sitt liv, så att hon inte råkade ut för något. Så kom hon hem till lilla Sverige, tillbringade något dygn i skogen och blev kidnappad!

Plötsligt hörde hon ett ljud. Hon visste inte om hon slumrat till en stund, det gick inte att avgöra vad klockan var. En nyckel sattes i dörren och en ljusstrimma letade sig in i det kala rummet. I dörren stod han, mannen som höll henne fången. Hon försökte koncentrera sig på honom, när hon vant sig vid ljuset. Han låste dörren och satte en ficklampa på bordet. Mannen hade en luva med hål för ögon och näsa över huvudet och spände de gröna ögonen i henne. Hans andedräkt luktade gammal öl och hans kläder hade sett bättre dagar, fastslog hon.

Han började prata.

" Jag tänker ta ett foto av dig och skicka till din mor, hon undrar säkert var du är."

Mannen tog tag i Christina och drog henne upp från golvet. Hon försökte värja sig, men förstod snart att det var bra om mamma visste att hon var kidnappad. Hon skulle kontakta polisen, som skulle leta upp gömstället och rädda henne från fångenskapen. Mannen låste upp och drog henne med sig in i det andra rummet, som var upplyst. Hon såg sig hastigt omkring och lade märke till var ytterdörren fanns. Han märkte hennes blickar.

" Försök ingenting, du kommer inte långt utan skor och ytterkläder."

Han placerade henne på en stol och såg att han använde hennes egen mobil, för att ta en bild. Hon hade tre meter till dörren och skulle kanske hinna fram före honom, men vågade inte chansa. Pistolen i byxlinningen avskräckte.

" Nu var du duktig," sade han, som om hon var ett barn och kommit hem från skolan med ett bra betyg.

" Du skall få lite mat", sade han och satte fram en tallrik med pasta och färdigköpt köttfärssås.

" Varför gör du det här"?

Han flinade innanför luvan kunde hon se på ögonen, men han sa ingenting. Christina såg ut genom det enda fönstret i rummet. Det var mörkt ute och hon förstod att det var kväll. Intervjun på företaget i Göteborg hade inte blivit av och hon undrade om de hade sökt henne. Kanske hade de sökt upp hennes mammas nummer och ringt henne?

Hon försökte äta lite av maten, mest för att få tiden att gå och se sig om i det lilla rummet. Inredningen var spartansk, en soffa, bord och ett matbord med fyra stolar. Några tavlor av dålig konst hängde på väggarna, vid matbordet en köksklocka, antagligen från femtiotalet. Möblerna var av furu, golvet och väggarna likaså. I ena hörnet fanns en liten köksavdelning, med spis och ett minikylskåp. Överallt låg skräp, kartonger, dagstidningar i högar, gamla matrester, ölburkar och flaskor. Christina trodde att huset var ett litet torp, som någon ibland åkte till, för att vara ifred från världen. Det fanns inte någon TV i rummet, som var helt utan charm och med ett omedelbart och stort behov av renovering.

" Jag behöver gå på toaletten", sade hon och nickade mot en dörr på motsatta sidan.

Mannen lät henne gå in, men ville ha dörren vara öppen.

" Jag vill ha koll på dig, så du inte försöker smita. Förresten går inte fönstret att öppna längre."

Hon såg upp mot det lilla fönstret, bara för att konstatera, att hon ändå inte skulle kunna kravla sig ut där. Hon hade läst böcker om människor i fångenskap, som försökte vara lugna och prata med sin kidnappare och vinna någon form av förtroende. Christina försökte ta till den metoden.

" Är det din stuga"?

När han inte svarade fortsatte hon.

" Vad skall hända nu har du tänkt, Benny"?

Även om hon förstod att han inte var Benny, skulle hon låtsas ovetande, för att inte reta upp honom. Men han bara blängde på henne och föste in henne i sin skrubb igen.

" Vi får väl se hur mycket din mor saknar dig", sade han och låste dörren.

Ficklampan spred ett svagt sken och kastade skuggor i det lilla rummet. Han hade slängt in en grå filt, som var fläckig och luktade gammalt hö. Hon lade sig på sängen, men det gick inte att sova. Ute var det alldeles tyst, det enda ljud var från någon uggla i närheten. Det var kallt i rummet, men hon fick upp värmen under filten. Hon slumrade till en stund och vaknade av att ljuset från ficklampan flämtade till. Batteriet var nog på väg att ta slut, så hon släckte den och mörkret omslöt henne. Christina hoppades att det snart skulle bli morgon och att allt snart skulle vara över.

83

De gick över till hennes hus, där det var mer bekvämt. Hela kroppen darrade på Helena, som sjönk ner på soffan med en filt omkring sig. Benny ordnade med kaffe åt dem och försökte tänka ut hur han kunde hjälpa henne. Själv satt hon och stirrade framför sig, medan tänderna skallrade av chocken efter telefonsamtalet. Hon hade ännu inte fattat innebörden av orden han sade.

Jag har din dotter...

Christina var kidnappad och förd iväg någonstans. Tårarna rann, när hon tänkte på vad Christina måste genomlida. Hon som var glad över att åka till Göteborg på intervju, men antagligen aldrig kommit iväg dit. Hon såg sig förstrött omkring efter spår av strid i huset, men allt var iordning. Han måste alltså ha tagit henne när hon var på väg på morgonen.

Benny kom med kaffet och var sin smörgås, men Helena var inte hungrig. Han åt medan han funderade på besöket hos polisen tidigare på dagen. Bilden började sakta klarna för honom. Han förstod vem som kidnappat Helenas dotter, men ville ännu inte berätta det. Han var på det klara med att Egil var i stånd till vad som helst, desperat i behov av pengar som han var. Vid deras sista möte hemma hos Egil, hade han pratat om spelskulder, pengar som någon kompis ville ha tillbaka.

Benny mindes en händelse som inträffade en av de få gånger, som han och modern besökte morföräldrarna i deras lilla torpstuga. Egil var väl tio år och Benny sex eller sju. Egil hade avslöjats med att klippa av vingarna på en fågel han fångat, för att se om den fortfarande kunde flyga. Det kunde den naturligtvis inte, men han hade förtjust sett på när den lilla sparven snubblade omkring och försökte lyfta.

Alla hade blivit bestörta, Egil fick stryk av sin morfar och de var tvungna att ta död på fågeln och begrava den. Egil bara flinade åt sitt upptåg. Mormodern som var nervsjuk, fick ta en extra stark tablett för att lugna ner sig efter den händelsen.

" Vad skall jag göra, tycker du"?

Det var midnatt och ingen av dem kunde sova. Helena satt fortfarande i soffan med filten om sig. Mobilen hade hon framför sig på bordet, ifall den skulle ringa.

" Om vi inte har hört något före morgonen, måste du nog ringa polisen. Såvida du inte vill gå med på hans villkor och ge honom pengarna."

" Men tror du att det är så enkelt, får jag tillbaka Christina då? Då kommer han antagligen undan och får inte något straff. Jag tror att det är han som är orsaken till Lars död, så han är farlig och kan göra vad som helst tydligen."

Orden kom stötvis, tårarna rann när hon tänkte på sin dotter, som var i kidnapparens våld. Ovissheten om hur det var med henne var fruktansvärd.

246

Benny förstod att hon hade rätt, men var inte beredd att avslöja det han visste. Fortfarande fanns det ett hopp om att Egil skulle ta sitt förnuft till fånga och avbryta det han höll på med. Han gick ut en stund, bort mot sin stuga och ringde det nummer han hade till Egil. Han svarade inte. Efter tredje försöket gick han tillbaka till Helena, som hade lycktas slumra till på soffan. Han låste dörren och lade sig på gästsängen i rummet intill. Han förstod att det var där Christina egentligen skulle tillbringa natten.

Han vaknade med ett ryck strax före Helena. Klockan var bara fem på morgonen och det var fortfarande mörkt ute. Abbot rörde på sig, man lade sig tillrätta igen. Ehlers hade sagt att Egil inte varit hemma på några dagar, antagligen bevakade de hans lägenhet. Benny var osäker på om han hade någon flickvän, Egil hade inte sagt något om det. Men det var inte troligt att Christina gömdes hos henne i så fall, utan på någon annan plats. Någon avsides plats, där ingen kunde se eller höra hennes rop på hjälp. Han försökte tänka.

Just då vaknade Helena och satte sig genast yrvaket upp. Sanningen slog henne med full kraft. Det var inte en ond dröm, som snart skulle försvinna ur medvetandet, det var på riktigt. Tårarna kom på nytt och Benny kände sig maktlös. Han bryggde kaffe och bredde några smörgåsar.

Det plingade till i Helenas mobil.

84

Nästa gång hon vaknade såg hon den lilla ljusstrimman mellan brädorna i fönstret. Det hade börjat ljusna. Hon satte sig upp, kroppen värkte efter den obekväma sången. Lukten från madrassen märkte hon inte längre, hon hade vant sig vid den. Några timmars sömn hade hon trots allt fått trodde hon och kände ett stort behov av att gå på toaletten.

Christina knackade på dörren, men inte ett ljud hördes. Det hade varit alldeles tyst efter det att han låst in henne igen. Tydligen var hon alldeles ensam i den lilla stugan. Tanken på att hon skulle sitta där instängd och kanske svälta ihjäl innan hon hittades, föresvävade henne för ett ögonblick. Hon kände hur det sprängde i underlivet, snart skulle hon inte kunna hålla sig längre. Det gick inte att tänka klart längre, hon var inlåst och hade ingen möjlighet att ta sig ut därifrån. Inlåst!

Hon kikade i nyckelhålet och såg att det satt en nyckel i på andra sidan. Det fanns ingen tröskel, men en tillräckligt stor springa under dörren. Om hon bara kunde pillra ut nyckeln, så skulle den kanske kunna trilla ner på något, som hon kunde dra till sig under dörren. Christina tände ficklampan, som fortsatte att blinka. Hon såg sig snabbt omkring i rummet, rädd att lampan skulle slockna. Det fanns ingenting, som hon kunde lirka ut nyckeln med.

Hon hade sin handväska, mannen hade bara tagit hand om mobilen. Hon vände upp och ner på innehållet och såg till sin glädje att en nagelfil av stål fanns på botten. Glad över fyndet började hon genast att arbeta med nyckeln. Det visade sig vara svårt att få den runt ur det låsta läget och kom på att hon behövde en tidning, som nyckeln kunde landa på, om hon mot förmodan lyckades få ut den. Men det fanns absolut ingenting i rummet. Förtvivlad sjönk hon ihop på golvet och spände musklerna i underlivet för att inte kissa på sig. Hon såg på nagelfilen och tänkte att den kunde bli ett bra vapen.

Plötsligt hörde hon en bil närma sig. Även om hon inte var förtjust över att han kom, så behövde hon gå på toaletten och dricka något. Kanske skulle hon bli fri under dagen, hon hoppades i alla fall på det. Christina hörde honom komma in i stugan och bullra med något. Efter en stund ropade han till henne att sätta sig på sängen. Försiktigt öppnade han dörren och låste den. Hon märkte att han lade nyckeln i sin vänstra ficka på de smutsiga jeansen.

" Frukost sade han" och fick det att låta som en belöning.

" Jag måste på toa, annars kissar jag på mig".

" Kom då, men inga trix, då är du rökt."

Som tidigare lät han dörren till toaletten vara öppen och hade full uppsikt över henne. På bordet hade han ställt en yoghurtförpackning, smörgås och en termos med kaffe. Hon åt smörgåsen och drack kaffe och kände att hon var hungrig. Yoghurten hade passerat bäst före med tre dagar.

Christina drog till sig en tidning och sade att hon ville ha något att läsa. Hans ögon flinade genom huvan och talade om att den var flera år gammal. Men hon hade planer, som han var för dum att förstå.

Christina började bli modigare i sitt sätt mot honom och förstod att han ville hålla henne vid liv, antagligen för att kunna pressa pengar av Helena.

" Tack för maten. Vad händer idag"?

Han blängde på henne, som om hon ställt en alltför svår fråga.

" Vi få se. Jag kör härifrån snart och kommer eventuellt tillbaka om några timmar."

" Hur mycket är klockan?"

Han svarade inte, utan förde in henne i det trånga rummet, där hon fick sätta sig på sängen. Med en tvättlina surrade han ihop händerna på henne, lämnade rummet och låste. Hon ropade denom den stängda dörren att hon behövde batterier till ficklampan.

" Då får du springa och köpa, närmaste affär finns fyra kilometer härifrån", skrockade han, nöjd med sitt skämt.

85

Helena slet till sig mobilen. Trots att hon var trött efter den dåliga sömnen under natten, reagerade hon snabbt. En blick på displayen visade att klockan var 07.34. Ett svagt morgonljus letade sig in genom fönstret. Det skulle med stor säkerhet bli en klar och fin dag. Men det var inte något som Helena var medveten om.

Bilden av Christina fick henne att börja gråta igen. Dottern såg blek och medtagen ut, håret var ovårdat och hela kroppsspråket talade om förtvivlan. Den medföljande texten löd:

PENGARNA PÅ PAKERINGEN PÅ KUNGSBYGET KL. 12.00 . KOM ENSAM OM DU VILL HA DIN DOTTER. LURAS DU DÖR HON I EFTERMIDDAG

Helena stirrade på budskapet och bilden och lämnade över mobilen till Benny. Han tittade på bilden och funderade på varför han kände igen väggen bakom Christina. Så klarnade bilden och han visste plötsligt att Egil höll Helenas dotter gömd i ett torp. Men var fanns det? Minnet svek honom. Det var så längesedan.

" Har Christina en dator eller Ipad här?" undrade han.

" Ja, det har hon, men vad…

" Hämta den är du snäll."

Christinas Ipad var låst och Helena visste inte hennes kod för att öppna den. De försökte med delar av dotterns personnummer och andra tänkbara siffror, men lyckades inte. Det var först när Helena kom på att Christina berättat för henne om en kollega, som hade gatunumret till ett varuhus i London som lösenord. Hade hon kanske tänkt i de banorna också?

Benny sökte i sin mobil efter varuhus och provade olika kombinationer. Ofta hade shoppinghusen tre eller dubbla nummer med streck mellan. Han fastnade till slut för det kända Harrods och kom efter en lång stund fram till 7135, som var en del av numret på Brompton Road.

Han knappade in siffrorna och Ipaden öppnades enkelt. Benny drog en lättnadens suck när han upptäckte att Christina hade en app: *hitta min Iphone* i den. Han frågade om Helena kunde hennes lösenord för appen, men hon tvekade åter. Det var inte lätt att tänka på triviala saker, när hennes dotter var kidnappad och hon själv krävdes på stora pengar för att få henne fri.

" Kan vi inte bara ringa polisen och få hjälp"?

Tiden hade gått fort och Helena började bli rastlös över att de bara satt där och inte gjorde något åt situationen. Benny ville till varje pris försöka hitta platsen där Christina befann sig och förklarade för henne.

" Om vi lyckas gå in på denna appen, så kan vi kanske hitta platsen där hon finns, genom hennes mobil. Så snälla gör ett försök innan vi ger upp."

" Vi kollade på den häromdagen och jag tror att det var något med hennes före detta fästmans namn, men jag kan inte tänka längre. Jag orkar inte."

" Vad hette han"?

" Steven".

" Ok, vi försöker med hans namn, men ofta skall det vara minst en versal och en siffra, är det något som du kan känna igen"?

" Nej, men jag har för mig att det var något med *Steven for ever*, eller något sådant, men Benny nu ringer jag polisen."

Hon tog sin mobil och började knappa in siffrorna, medan Benny tryckte frenetiskt. Kommissarie Ehlers hade ännu inte kommit till stationen, men beräknades komma när som helst, han skall vara här klockan nio idag, svarade flickan i växeln. Helena suckade och sade att han måste ringa henne, så fort han kom in. Hon såg på Benny och sjönk förtvivlad ner på soffan.

Hon visste varken ut eller in längre, bara att Christina måste räddas. Det måste bli polisens uppgift att gripa mannen. Hon var beredd att berätta allt om kidnappningen och utpressningen. Klockan var fem i nio.

86

Benny körde fort norrut. Helena satt och tittade ut genom fönstret. Skogen rann förbi utanför. Det var tyst. Det enda ljud som hördes var däckens brusande från asfalten.

Han hade försökt med versaler på alla bokstäverna och var på väg att ge upp. Hon hade kanske ändrat sitt lösenord, nu när det var slut mellan Christina och Steven, tänkte han. Men när han till sist försökte med *steVen4ever*, sken han upp, glädjestrålande över vad som hände. Han hade lyckats!

Snabbt letade han upp appen, som fanns på displayen och öppnade den. De hade tur, den var aktiverad. Efter en minut hade han till sin förtjusning sett en blå prick, som rörde sig och det tog några sekunder för honom att förstå vart den var på väg. Han avbröts i sina funderingar av att det ringde i Helenas mobil. Han hade snabbt förklarat för henne och bad att få prata med Ehlers. Hon hade lämnat över mobilen till honom. Benny talade om för Ehlers var de kunde gripa gärningsmannen, som han valde att kalla honom inför Helena, utan att närmare gå in på anledningen till varför han visste det. Ehlers hade börjat argumentera mot Bennys sätt att dirigera polisen och sätta hans auktoritet på spel, men Benny hade redan tryckt av samtalet. Därefter hade han gjort sig beredd att köra iväg. Det fanns ingen tid att förspilla

" Jag följer med", hade Helena sagt.

" Okey, men det kan bli farligt, lova att du blir kvar i bilen." Helena svarade inte.

De passerade genom Örkelljunga. Helena såg hur människor var på väg till sina jobb och barn i alla åldrar som skjutsades till skolan. Som en vanlig dag, tänkte hon. Benny svängde in på E4 norrut. Hastighetsmätaren visade på etthundrafemtio kilometer i timmen. Helena höll krampaktigt händerna vid sidorna på passagerarsätet. Vid Skånes Fagerhult tog de in på en väg till vänster och farten ökade igen. Benny hade ställt in mobilens GPS och fortsatte enligt anvisning förbi Åmot och Majenfors, där han började sakta ner farten. Klockan närmade sig halv tio och den blå pricken fanns fortfarande kvar. Benny började känna igen trakterna nu, fast det var många år sedan han var där senast, i det lilla torpet som var hans morföräldrars sommarvistelse. Han var väl högst åtta år, när han besökte dem där sista gången, innan de dog. Vad han hade hört, hade en systerdotter till hans mor köpt torpet och tillbringat somrarna där.

En smal väg ledde dem över järnvägsspåren, förbi några hus innan en grusväg tog vid. Allt var sig likt, han mindes den kurviga vägen genom granskogen, som var tät och mörk. Granarna var betydligt högre nu. Benny såg att de närmade sig och ville inte köra alltför nära torpet, som han nu lokaliserat. De parkerade en bit in i skogen på en smal stig och gick till fots sista biten. Helena var envis och ville följa med och han fick ge med sig. De smög försiktigt framåt, utan att låta några ljud avslöja att de närmade sig. Några duvor flög förskräckta iväg och deras flaxande var oroväckande högt. Tystnaden infann sig snabbt igen. De var nära nu. I en glänta såg de torpet på avstånd. Benny förflyttades många år tillbaka i tiden, vid åsynen av den gula stugan med eternittak. Den såg förfallen ut, år av misskötsel hade gjort sitt och såg övergiven ut. De stannade på avstånd och stod stilla i skogskanten, medan morgonljuset tvingade de lätta dimmorna till reträtt. Tystnaden var total där de stod. Långt borta hördes ljudet från några änder, som höll till i ån.

87

Kommissarie Ehlers hade kommit till stationen strax efter nio. Det fanns inga nyheter angående mannen de sökte för mordet på Lars Bertilsson. De hade gjort förfrågningar bland hans gamla arbetskamrater, men ingen visste var han fanns. Någon hade tipsat om att han spelade på hästar, men visste inte om han besökte travet någon gång. En man hade berättat att Egil alltid hade ont om pengar och brukade låna av de som var villiga att ställa upp.

Kvällen hade varit lugn, han och hustrun hade ätit middag och sen sett filmserien *Bron* tillsammans på TV. Han såg mest sådana serier som underhållning, de var långt från dagens polisarbete, även om vissa likheter förekom. Han tog en mugg kaffe och öppnade dörren till sitt kontor.

En lapp på skrivbordet uppmanade honom att omgående ringa till Helena Fredlund. Han suckade och erinrade sig att han glömt ringa henne, efter att hon tidigare hade sökt honom. Ehlers tog telefonen och ringde numret som stod på lappen och beredde sig på en ny omgång löst prat och floskler.

Helena hade svarat direkt, men lämnat över till Benny, vilket gjorde Ehlers konfunderad. Han undrade i sitt stilla sinne om de båda agerade privatdeckare och tillsammans försökte rädda världen. Han fick snart belägg för att det var något i den stilen och han kände sig överkörd. Han gillade inte att bli behandlad på det sättet av en man som han haft inne på förhör och som nu talade om hur polisen skulle agera. Samtidigt fick han inse att Benny antagligen hade mer koll på läget än vad han själv hade och att Ehlers snart skulle vara den som ledde sina män till platsen, där de skulle gripa Egil Harlin. Han kallade till möte och förklarade att ett gripande var planerat, utan att avslöja vem som tipsat honom.

88

Nu skulle det bli nästan omöjligt att få ut nyckeln ur låset. Hennes händer var bakbundna, så det gick inte att se hur han knutit linan runt handlederna. Hon försökte töja ut genom att bända i olika riktningar, men det hjälpte inte. Hon kände hur linan skavde. Christina lugnade ner sig ett ögonblick och försökte tänka.

När hon bände handlederna utåt, kände hon att det blev ett mellanrum mellan dem. Hon höll på en god stund, men måste vara tyst, eftersom mannen fortfarande fanns kvar på andra sidan dörren. Christina tackade sin goda fysik från gymnastiken hon deltagit i som ung, vilken hade gjort henne väldigt vig. Hon hoppades att vigheten fortfarande fanns där, när hon var klar.

Plötsligt öppnade han dörren, men märkte inte hennes febrila arbete med linan bakom ryggen. Luvan hade han kvar över huvudet och pistolen i handen. Han slängde till henne några batterier.

" Jag kör snart, behöver du skita får du göra det nu, sen vet ingen när det blir."

Hon visste att han skulle lösa upp linan och binda henne igen, så hon svarade att hon inte behövde gå på toa.

" Hur har du tänkt att jag skall kunna byta batterier"?

Irriterad gick han fram och ordnade så att det blev ljus i ficklampan. Om hon haft händerna fria, skulle det vara ett bra tillfälle att hugga honom med nagelfilen.

Christina hörde honom köra därifrån med en rivstart. Hon ställde sig upp, drog händerna ner bakom rumpan och ner till låren. Vigt lyfte hon ett ben i taget genom öppningen mellan handlederna och hade händerna framför sig. Med tänderna tog hon tag i ena änden och började nysta upp knuten. Den satt hårt, men hon gav sig inte. Hon fick sätta sig en stund och vila.

Christina tänkte på sin mamma och undrade om mannen skickat bilden av henne ännu. Kanske var det en del i utpressningen och anledningen till varför hon kidnappats. Att sitta där inlåst var fruktansvärt jobbigt och kände själv att hon luktade av svett och rädsla. Håret var ovårdat, men värst var ovissheten. Hon fortsatte med att lösa upp knutarna och efter en stund var händerna fria. En lättnad fick henne att se mer hoppfull på vistelsen, men nu var det full fokus på nyckeln.

Hon förde in en sida av den gamla dagstidningen under dörren och tog fram nagelfilen. Hon svor högt när hon gång på gång misslyckades. Christina var rädd att hon skulle bli bestraffad när mannen kom tillbaka, om hon inte lycktas rymma innan dess. Hon ändrade taktik, men nyckeln satt som gjuten. Resignerad lade hon sig på den illaluktande madrassen.

89

Han var övertygad om att det var rätt torp, men ändå så främmande och overkligt trots allt. Det var så tyst och stilla, så han hade svårt att tänka sig att en människa satt inlåst där, medan Egil smidde planer på att få pengar i utbyte. Han bävade för vad han utsatt Helenas dotter för.

Nu när han stod där i skogsbrynet och spanade bort mot den lilla stugan, kom minnena fram. Han hade följt med sin mor för att fira Egils födelsedag hos morföräldrarna. Han hade tagit emot presenterna de hade med sig med stor förtjusning, en knallpulverpistol och cowboyhatt. Under eftermiddagen hade han rusat runt och lekt med pistolen, vilket fick hans mormor att bli skräckslagen.

En svag bris svepte fram och lättade på dimmolnet över ån längre bort. Nattens dagg darrade till i grässtråna. Ljudet från en traktor hördes tydligt, men befann sig långt ifrån dem, där de satt vid ett träd och väntade. Lövträdens blad började bli gula med nyanser av rött, en nu årstid var på väg.

De kunde se en bil intill torpet, som låg ensamt där i skogsdungen. Närmaste stuga fanns en bra bit därifrån, kom Benny ihåg och erinrade sig att de kört förbi ett litet stugområde. Benny tittade på sin klocka och noterade att den var 10.20. Han blev villrådig.

Plötsligt kom någon ut från torpet, satte sig i bilen och körde därifrån, så att gruset yrde omkring. Benny kände igen honom, de hade kommit rätt. Helena kramade hans arm, som ett tecken på tacksamhet, men antagligen även med en rädsla för vad de skulle få se i torpet. Var Christina skadad, levde hon över huvud taget? De gömde sig när bilen for förbi dem. Helena kände igen den blå bilen, det var den som *Kickan* och den otrevlige mannen kom i för att se på hennes Toyota, som hon hade till salu. Hon började ana ett mönster av planeringar hos kidnapparen under en lång tid. Äntligen gav han sig iväg för att, som han trodde hämta pengarna på den så här års ödsliga parkeringen. Men han skulle bli förvånad, några pengar skulle det inte finnas, men förhoppningsvis några poliser på plats för att fånga in honom. Benny hade pratat med Ehlers om tid och plats.

De väntade i tio minuter, innan de försiktigt smög fram längs skogskanten, till det lilla torpet. Det var mindre än han mindes, allting var stort när man var liten. Träfasaden var i stort behov av målning, taket var fullt av mossa och gårdsplanen övervuxen av ogräs. De såg hjulspåren efter bilens rivstart, Benny kände på dörren, som var låst och de fortsatte till baksidan. Ett fönster var igenspikat med en plywoodskiva och de antog att det var där hon satt fången. De kikade in genom det andra fönstret och såg in i rummet. På motsatta väggen var dörren till morföräldrarnas sovrum. Under dörren såg de ett tidningsblad sticka ut. Benny kände igen sig, men ändå inte. Allt var förfallet och annorlunda. Nu var han på besök av en helt annan anledning och han försökte tänka.

Han förbannade sig själv för att inte tagit med ett verktyg att bryta med, men hittade ett vedträ, som han slog in fönstret med. Han lyfte upp hasparna och kravlade in i rummet. Det gick inte att låsa upp dörren inifrån, låset var av äldre typ och gick bara att låsa upp med nyckel. Helena hade hittat en pall att stå på och Benny hjälpte henne att ta sig in genom det öppna fönstret.

90

Efter att ha vilat en stund gjorde hon på nytt försök med att få ut nyckeln, men nagelfilen var för tunn och bröts i ett desperat försök att vrida nyckeln runt. Hon förstod att det inte längre fanns någon möjlighet att ta sig ut. Hon satte sig trött och uppgiven med ryggen mot dörren.

Plötsligt hördes glas som krossades. Hon for skrämd upp från golvet och konstaterade att det var fönstret i rummet intill. Christina höll andan och var alldeles tyst. Var det ett inbrott? Men där fanns väl inget att stjäla, hann hon tänka och hörde en okänd mansröst. Det gick någon minut och rösten som ropade hennes namn, gick inte att ta miste på.

" Christina, är du där"?

" Mamma, jag är här inne".

Christina lät tårarna rinna av glädje och lättnad, över att allt snart skulle vara över. Helena rusade fram till dörren och skulle just vrida runt nyckeln, när de hörde en röst bakom dem.

" Stå alldeles stilla och vänd er sakta om", uppmanade en mansröst.

Framför dem stod en man, med pistol i handen, pekande på Helena. En huva dolde ansiktet. De kände hur tröttheten och hopplösheten över att ha misslyckats befria Christina gjorde dem alldeles knäsvaga. De tvingades sätta sig ner i soffan, med händerna över huvudet. Helena kände igen soffan, det var den Christina suttit i när han tog en bild av henne. Från det låsta rummet hördes inte ett ljud. Mannen sparkade till några kartonger som låg på golvet och tog ett steg närmare.

" Nu trodde ni att ni var smarta, men jag såg din bil Benny, när jag stannade för att pissa."

" Egil, gör nu inget dumt, du kan fortfarande komma undan det här. Låt oss gå härifrån."

Helena tittade storögt på Benny och tillbaka till mannen med pistolen, med en frågande blick.

" Vad i helvete Benny, känner ni varandra"?

" Förlåt Helena, jag skulle berätta för dig, när vi befriat din dotter och Egil var gripen, men nu blev det inte så. Han är min bror, eller halvbror egentligen."

Helena gapade och fick inte fram ett ord.

" Håll käften på dig, snacka kan du, men nu är det jag som bestämmer för en gångs skull. Halvbror är jag, en andra sortens bror helt enkelt i andras ögon. Du fick allt som inte jag fick, när vi var små. Du fick ett hem, en familj med mor och far, medan jag fick bo hos gamlingarna. Det var en nåd att få besök en gång om året av mor och så hade hon dig i släptåg. Ljöd för dig att jag var din morbror. Fy fan, vad jag hatade dig."

" Men Egil, vi var bara barn och det var så läng…"

" Håll käften! Du har ingen aning om hur jag har haft det i livet, med en morsa som inte ville ha mig. Kan du förstå hur det kändes?"

" Helena", sa han och slängde av sig sin huva, " du har lurat mig två gånger, nu räcker det. Nu gör vi så här, vi tre skall köra till banken med din bil Benny. Du kör och kärringen sitter i framsätet. Jag finns bakom er med pistolen. Helena går in och hämtar pengarna, lugnt och fint och sen kör vi tillbaka hit. Så blås mig inte igen, då ser du inte röken av varken Benny eller din dotter. Ni kan gå in och hämta tjejen när vi är klara och jag drar härifrån, utan att varken ni eller snuten hittar mig. Begrips"?

De stod orörliga kvar, utan att säga något, men tänkte febrilt. De kunde inte komma på något alternativ, som skulle vara värt att prova. De var fast, Egil hade övertaget och det gick inte att övertala honom. Nu måste de göra som han bestämt. Benny fick en idé om att kanske kunna lura honom till parkeringsplatsen, där poliserna väntade. Men längre kom han inte i sina tankar.

Benny såg plötsligt en rörelse i ögonvrån och skulle just säga något, när ett slag fällde Egil till golvet, nerklubbad med ett vedträ. De stirrade skrämda på den skäggprydde, välväxte mannen och förstod inte vad som hände. Helena tyckte det var något bekant drag i hans ansikte. Kanske var det något med ögonen och hårfästet.

266

91

Christina satte örat mot dörren och lyssnade. Istället för att någon släppte ut henne ur fångenskapen, hörde hon plötsligt den där mannens röst. Han var redan tillbaka och dessutom hotade han hennes mamma och mannen som var med henne. Hon gissade att det var den riktige Benny.

Mannen röt och skrek åt dem, hon kunde inte urskilja allt, bara att han hade övertaget med sin pistol. Han sade något om att köra till banken och hämta pengarna. Det var uppenbart att det rörde sig om utpressning som hade gått snett. Hon behöll sitt lugn och var alldeles tyst, det var bara mannens röst som hördes. Ingen nämnde hennes namn och hur det skulle gå för henne. Hon förstod att det skulle dröja ytterligare tid innan hon var fri. Om nu ingen av dem blev skjuten, eller körde av vägen av ren nervositet.

Plötsligt hörde hon en smäll och en duns och allt blev tyst i flera sekunder. Hon förstod att något hänt och blev orolig för sin mamma. Men snart hörde hon en röst, som hon inte hört tidigare.

92

Tiden tycktes stanna upp några ögonblick. I tystnaden hördes deras andhämtning tydligt. Helena stirrade på mannen med skägget. Benny såg på sin bror, som låg avtuppad på golvet framför honom. Pistolen hade flugit iväg och hamnat under bordet. Den okände mannen tittade på dem båda och nickade mot Benny.

" Bind honom och ring polisen."

Benny gjorde motvilligt som han blivit tillsagd, hittade en tvättlina och band först Egils fötter, drog upp honom mot väggen och surrade hans händer för säkerhets skull. Det kändes mer moraliskt rätt när hans bror inte var medveten om vad han utsattes för. Benny ville att rättvisan skulle ha sin gång nu, Egil måste ta sitt straff.

Helena hörde sin dotters röst på andra sidan väggen. Hon skyndade sig till dörren, låste upp och kramade henne. Christina tycktes vara oskadd, tack och lov! De satte sig intill varandra i soffan. Christina frös och hackade tänder, chockad av allt som hänt. Mannen stod kvar, rörde sig inte ur fläcken. Han betraktade situationen och böjde sig ner och drog fram pistolen med foten, ville inte lämna något avtryck på den.

När Benny var färdig ringde han Ehlers, som vid den tidpunkten hade bevakning vid Kungsbygget. Han fick de ändrade förutsättningarna och en utmärkt vägbeskrivning till torpet. Det skulle dröja minst en halv timme innan de var där. Han uppfattade en frustration hos Ehlers, som ändå besinnade sig, när han förstod att Egil var fast och det var bara att hämta honom.

Mannen med skägget talade om att han tänkte avlägsna sig och låta dem ta över.

" Ni får förklara det här hur ni själva vill, men lämna mig utanför. Jag kommer snart att lämna landet och åka hem."

" Men vem är du, varför kom du hit"? Helena såg undrande på deras räddare.

" Jag har bott i en stuga i närheten", svarade han, utan att precisera om han hyrt eller brutit sig in och fortsatte:

" Jag har varit här i över en vecka, kom hit till Sverige för att hälsa på en kompis och min bror. Visste inte då att båda var döda."

Han såg på Egil, som började röra på sig och skulle snart bli medveten om att han var fast. Benny fruktade ett raseriutbrott från honom.

" När jag såg honom komma med din dotter, beslöt jag mig för att försöka rädda henne och sätta dit honom till slut. Nu är arbetet avslutat, så jag lämnar er nu."

Han vände sig om och gick ut genom dörren. Helena följde efter och fick springa för att hinna upp honom. Solen hade skingrat molnen och det såg ut att bli en skön dag. Mannen hade hunnit till skogsdungen när hon hann fatt honom.

Polisbilarnas sirener hördes långt borta och det skulle snart vimla av poliser och sjukvårdare vid torpet.

Helena hoppades att hon nu kunde andas ut och att allt skulle återgå till det normala igen. Det hade varit en tid fylld av oro och rädsla, som nått sin topp med dotterns kidnappning.

" Vänta, jag måste säga en sak till". Helena såg honom i ögonen, som hade ett frågande uttryck i det solbrända ansiktet.

" Hälsa på din son innan du åker, han vill nog det"!

Mannen log försiktigt och nickade mot henne.

" Om du vill att han skall komma och hälsa på dig där du bor, så betalar jag biljetten, som tack för din hjälp."

" Hej då Helena".

" Hej då och tack än en gång Olle."

Mannen försvann in i skogen och Helena gick tillbaka till den risiga torpstugan för att invänta polisen.

93

Den första snön kom tidigt. Många blev överraskade och hade inte hunnit lägga på vinterdäcken på sina bilar ännu. Man väntade av någon anledning in i det sista. Helena var oftast noga med att ordna den saken redan i början av månaden, så också denna gången. Nu var det tredje helgen i november och snart dags för adventsljusstakarna, att få lägga beslag på sin plats i fönsterna. Hon tyckte om julen och skulle som vanligt ha en riktig gran i år också, en som doftade gott och välkomnande.

Söndagsmorgonens snö lyste upp skogen utanför huset. Granarna stod majestätiska i sin vita dräkt, björkarnas grenar böjde sig av tyngden från den något blöta nederbörden. Det var som ett vykort tyckte Helena, där hon stod vid köksfönstret och såg ut. Hon höll på att fixa frukosten. Benny kom in i köket, nyduschad och iklädd en blå morgonrock. Han hade tänt en brasa i kaminen, som värmde skönt. Lutade sig mot dörrposten och såg Helena stå vid spisen. Han log mot henne.

Det hade gått mer än två månader sedan den dramatiska händelsen med kidnappning av Christina. Bennys halvbror skulle snart inför rätta för den, men även för utpressningen och vållande till annans död. När poliserna anlände gick det inte att förklara händelserna på annat sätt, än att Egil var skyldig till kidnappning av Helenas dotter, med avsikt att pressa pengar av Helena. Kommissarie hade i förhör med dem var för sig, försökt göra sig en bild av orsaken till Egils agerande, men inte kommit sanningen närmare. Att de inte berättade hela sanningen irriterade honom, men det var ju deras egen sak att bestämma. Det skulle antagligen bli ett långvarigt fängelsestraff, trodde Benny, som anlitat en bra försvarsadvokat åt honom.

Han tyckte han var skyldig Egil den tjänsten, trots allt. Även om Egil var orsak till flera brottsliga och dumma handlingar, kändes det rätt att ändå bistå honom som bror. Helena hade en viss förståelse för det, men ville inte höra talas om något medlidande. Egil hade satt skräck i dem och skulle få ta sitt straff. Benny hade inte motsatt sig hennes vilja att anmäla Egil, men tyckte samtidigt på något vis synd om honom.

Christina hade åkt tillbaka till London. Några dagar efter den hemska upplevelsen, hade hon återhämtat sig så pass, att hon kunde åka upp till Göteborg för intervjun. De hade haft förståelse för hennes motiv för det inställda mötet och efter några förhandlingar gav de henne jobbet. Christina skulle börja den förste februari och hade sagt upp sig från tjänsten i London. Hon sökte nu lägenhet i Göteborg och Helena hade lovat stötta henne med pengar.

" Jag sätter in etthundrafemtio tusen på ditt konto", hade hon sagt senaste gången de pratades vid.

" Men mamma, varför det"?

" För att du är värd det"?

De hade skrattat båda två och gråtit en skvätt. Det var ju den summan som utpressaren värderat henne till.

Helenas mamma Gulli trivdes bra på vårdhemmet och fick besök av sin dotter varje dag. Hon hade blivit firad på sin födelsedag med tårta och kaffe i dagrummet. Den nya medicinen hade gjort henne något bättre, men hon var ändå märkt av sin sjukdom och skulle få leva med den.

Siv och Börje hade bestämt sig för att flytta till en lägenhet i Örkelljunga efter nyår. De hade känt sig otrygga en tid och ville nu få lugn och ro, men skulle säkert sakna sin trädgård, som de vårdat så väl.

Ludvig hade ringt en månad tidigare och varit sprudlande glad. Hans pappa hade varit på besök en kort stund. Han skulle resa tillbaka till Costa Rica och hade sagt att Ludvig var välkommen dit, när han kände för det. Men han hade fått lova att ingen mer än Helena skulle veta om att hans pappa levde och befann sig utomlands. Det skulle bli deras hemlighet.

" Säg till när du vill åka, så ordnar jag biljetten", hade hon sagt, men Ludvig protesterade. Hon berättade inte något om kidnappningen, eller Olles räddande insats. Det hade inte skrivits mycket i tidningarna, så hon ville inte säga mer än nödvändigt. Kanske anade Ludvig själv.

Helena rufsade Benny i det fortfarande lite blöta håret och dukade fram var sin omelett. Benny hade lämnat stugan en månad tidigare och åkt tillbaka till sin lägenhet. Arbetet på reklamfirman hade han återgått till och hade haft fullt upp med jobb under hösten. Vissa helger åkte han ut till Helena och bodde i huset. De trivdes tillsammans och planerade en resa till våren. Helena ville gärna se Paris och höll som bäst på att bearbeta Benny, för att få honom på samma spår. Abbot låg på golvet framför dem och såg ut att trivas med livet.

Helena tog sista tuggan på ostsmörgåsen och fyllde på kaffemuggen. Hon såg på Benny.

" Berätta om din bror."

Benny hade förstått att hon ville veta. Så han berättade om att deras gemensamma mor hade fött Egil när hon var knappt arton år gammal. Fadern försvann före födseln och hon var ensam med barnet. Eftersom modern inte hade möjlighet att ta hand om det, erbjöd sig morföräldrarna att låta pojken bo hos dem, tills hon kände sig redo.

" Men snart träffade hon en ny man och jag föddes. Far visste inget om Egil och när han fick reda på det, ville han inte ta ansvar för ytterligare ett barn. Så Egil blev kvar där hos morföräldrarna och räknades som min morbror."

" Men Egil är väl bara tre år äldre än du, funderade du aldrig på att din mormor inte skulle kunna vara mor till honom? Hon måste väl ha varit över fyrtio år då."

" Nej, det var först långt senare i livet jag fick klart för mig att han var min halvbror. Jag träffade inte honom så ofta, det var mest mor som åkte dit på hans födelsedag. Far ville inte följa med och jag gillade inte honom."

" Varför?"

" Han var otrevlig redan som barn, oberäknelig och riktigt elak. Han spårade ur tidigt och har fortsatt på samma bana."

" Usch, vilken sorglig historia."

Trots kidnappningen av hennes dotter kände Helena synd om Egil, med sin trasiga uppväxt.

" Vad hände sen?"

" Han flyttade hemifrån när han var femton år och fick några enkla ströjobb, men gjorde av med pengarna han tjänade. Bodde hos kompisar, som var kriminella och så har det tydligen rullat på i livet för honom."

De satt länge kvar vid frukostbordet och pratade om livet i stort och smått. Benny hade en fråga han funderat på.

" Förresten, den där skäggige mannen som hjälpte oss där i torpet, kände du honom? Du sprang efter honom."

" Nej, jag ville bara tacka honom för all hjälp," svarade hon och kände hur hon rodnade. Hon gick och hämtade kaffekannan för att han inte skulle märka något. Benny såg på henne och var inte övertygad om att hon talade sanning.

Epilog

Helena letade fram de vanliga adventsljusstakarna, som hon och Martin hade framme förra året. Minnet av deras sista gemensamma jul kom för henne med full kraft.

Även om det skett dramatiska händelser och det gamla paret snart skulle flytta från trakten, kunde inte Helena tänka sig att flytta därifrån. Hon hoppades att äntligen få ro och njuta av tillvaron. Detta var hennes plats på jorden, här var hennes hem och hon kände inte för att göra något uppbrott, eller ta klivet mot något nytt. Benny var en bra vän och stöd för henne, men hon ville inte bli alltför beroende av honom. Hon ville avvakta rättegången.

Stugan hade inga hyresgäster nu, en lampa lyste upp i fönstret och snön hade bäddat in den i ett vitt täcke. Det såg idylliskt ut, höstens hemskheter... Hon hade annonserat igen och ett flertal uthyrningar var inplanerade för kommande säsong.

När hon hittat den sista ljusstaken bland julsakerna, fick hon syn på en kartong hon inte kände igen. En skokartong förseglad med tejp. En isande känsla gick genom kroppen på henne, när hon tog fram och ställde den på bordet.

Hon satt och stirrade på den en lång stund innan hon vågade öppna den.